KUWEI
酷威文化

图书 影视

自成人间

季羡林 著

四川文艺出版社

十年樹木

季羨林

山下蘭芽短浸溪 松間沙路淨無泥 蕭蕭暮雨子規啼 誰道人生無再少 門前流水尚能西 休將白髮唱黃雞

東坡詞

季羨林 辛巳

目录

第一章 只等秋风过耳边

我的座右铭 \ 003
做人与处世 \ 005
三思而行 \ 008
容忍 \ 011
牵就与适应 \ 014
寂寞 \ 017

谈礼貌 \ 022
论压力 \ 025
有为有不为 \ 028
自己的花是让别人看的 \ 031
满招损，谦受益 \ 033
做真实的自己 \ 036

第二章　当时只道是寻常

时间 \ 041
我害怕『天才』 \ 046
走运与倒霉 \ 049
当时只道是寻常 \ 052
年 \ 055
赞『代沟』 \ 062
论朋友 \ 067
论博士 \ 070
论教授 \ 073
论怪论 \ 076
论包装 \ 079
师生之间 \ 082
思想家与哲学家 \ 087
漫谈消费 \ 090
漫谈出国 \ 096

人生 \ 101

再谈人生 \ 104

三论人生 \ 107

人生的意义与价值 \ 110

禅趣人生（《人生絮语》序）\ 113

老年四『得』\ 118

第三章 不完满才是人生

糊涂一点，潇洒一点 \ 121

成功 \ 125

爱情 \ 128

八十述怀 \ 135

千禧感言 \ 140

不完满才是人生 \ 145

别哥廷根 \ 210

那提心吊胆的一年 \ 218

黎明前的北京 \ 225

访绍兴鲁迅故居 \ 228

对我影响最大的几本书 \ 233

爱国与奉献 \ 237

第四章 遍历山河，人间值得

忘 \ 151

一双长满老茧的手 \ 157

夜来香开花的时候 \ 163

去故国——欧游散记之一 \ 176

过西伯利亚 \ 182

哥廷根 \ 188

道路终于找到了 \ 192

完成学业尝试回国 \ 201

第一章 只等秋风过耳边

我的座右铭

多少年以来,我的座右铭一直是:

纵浪大化中,

不喜亦不惧。

应尽便须尽,

无复独多虑。

老老实实的、朴朴素素的四句陶诗,几乎用不着任何解释。

我是怎样实行这个座右铭的呢?无非是顺其自然,随遇而安而已,没有什么奇招。

"应尽便须尽,无复独多虑。"(到了应该死的时候,你就去死,用不着左思右想），这句话应该是关键性的。但是在我几十年的风华正茂的期间，"尽"什么的是很难想到的。在这期间，我当然既走过阳关大道，也走过独木小桥。即使在走独木桥时，好像路上铺的全是玫瑰花，没有荆棘。这与"尽"的距离太远太远了。

到了现在，自己已经九十多岁了。离人生的尽头，不会太远了。我在这时候，根据座右铭的精神，处之泰然，随遇而安。我认为，这是唯一正确的态度。

我不是医生，我想贸然提出一个想法。所谓老年忧郁症恐怕十有八九同我上面提出的看法有关，怎样治疗这种病症呢？我本来想用"无可奉告"来答复。但是，这未免太简慢，于是改写一首打油，题曰"无题"：

> 人生在世一百年，
> 天天有些小麻烦。
> 最好办法是不理，
> 只等秋风过耳边。

做人与处世

一个人活在世界上,必须处理好三个关系:第一,人与大自然的关系;第二,人与人的关系,包括家庭关系在内;第三,个人心中思想与感情矛盾与平衡的关系。这三个关系,如果能处理得好,生活就能愉快;否则,生活就有苦恼。

人本来也是属于大自然范畴的。但是,人自从变成了"万物之灵"以后,就同大自然闹起独立来,有时竟成了大自然的对立面。人类的衣食住行等所有的资料都取自大自然,我们向大自然索取是不可避免的。关键是,怎样去索取?索取手段不出两途:一用和平手段,一用强制手段。我个人认为,东西文化之分野,就在这里。西方对待大自然的基本态度或指导思想是"征服自然",用一句现成的套话来说,就是用处理敌我矛盾的方法来处理人与大自然的关系。结果呢，从表面看上去，西方人是胜利了，大自然真的被他们征服了。自从西方产业革命以后，西方人屡创奇迹。楼上楼下，电灯电话。大至宇宙飞船，小至原子，无一不出自西方"征服者"之手。

然而，大自然的容忍是有限度的，它是能报复的，它是能惩罚的。报复或惩罚的结果，人皆见之，比如环境污染，生态失衡，臭氧层空洞，物种灭绝，人口爆炸，淡水资源匮乏，新疾病产生，如此等等，不一而足。这些弊端中哪一项不解决都能影响人类生存的前途。我并非危言耸听，现在全世界人民和政府都高呼环保，并采取措施。古人说："失之东隅，收之桑榆。"犹未为晚。

中国或者东方对待大自然的态度或哲学基础是"天人合一"。宋人张载说得最简明扼要："民，吾同胞；物，吾与也。""与"的意思是伙伴。我们把大自然看作伙伴，可惜我们的行为没能跟上。在某种程度上，也采取了"征服自然"的办法，结果也受到了大自然的报复。前不久南北的大洪水不是很能发人深省吗？

至于人与人的关系，我的想法是：对待一切善良的人，不管是家属，还是朋友，都应该有一个两字箴言：一曰真，二曰忍。真者，以真情实意相待，不允许弄虚作假。对待坏人，则另当别论。忍者，相互容忍也。日子久了，难免有点磕磕碰碰。在这时候，头脑清醒的一方应该能够容忍。如果双方都不冷静，必致因小失大，后果不堪设想。唐朝张公艺的"百忍"是历史上有名的例子。

至于个人心中思想感情的矛盾，则多半起于私心杂念。解之之方，唯有消灭私心，学习诸葛亮的"淡泊以明志，宁静以致远"，庶几近之。

1998 年 11 月 17 日

三思而行

"三思而行",是我们现在常说的一句话。主要劝人做事不要鲁莽,要仔细考虑,然后行动,则成功的可能性会大一些,碰壁的可能性会小一些。

要数典而不忘祖,也并不难。这个典故就出在《论语·公冶长第五》:"季文子三思而后行。子闻之曰:'再,斯可矣。'"这说明,孔老夫子是持反对意见的。吾家老祖宗文子(季孙行父)的三思而后行的举动,二千六七百年以来,历代都得到了几乎全天下人的赞扬,包括许多大学者在内。查一查《十三经注疏》,就能一目了然。《论语正义》说:"三思者,言思之多,能审慎也。"许多书上还表扬了季文子,说他是"忠而有贤行者"。甚至有人认为三思还不够。《三国志·吴志·诸葛恪传注》中说:有人劝恪"每事必十思"。可是我们的孔圣人却冒天下之大不韪，批评了季文子三思过多，只思二次（再）就够了。

这怎么解释呢？究竟谁是谁非呢？

我们必须先弄明白，什么叫"三思"。总起来说，对此有两个解释。一个是"言思之多"，这在上面已经引过。一个是"君子之谋也，始衷（中）终皆举之而后入焉"。这话虽为文子自己所说，然而孔子以及上万上亿的众人却不这样理解。他们理解，一直到今天，仍然是"多思"。

多思有什么坏处呢？又有什么好处呢？根据我个人几十年来的体会，除了下围棋、象棋等以外，多思有时候能使人昏昏，容易误事。平常骂人说是"不肖子孙"，意思是与先人的行动不一样的人。我是季文子的最"肖"子孙。我平常做事不但三思，而且超过三思，是否达到了人们要求诸葛恪做的"十思"，没作统计，不敢乱说。反正是思过来，思过去，越思越糊涂，终而至头昏昏然，而仍不见行动，不敢行动。我这样一个过于细心的人，有时会误大事的。我觉得，碰到一件事，绝不能不思而行，鲁莽行动。记得当年在德国时，法西斯统治正"如火如荼"，一些盲目崇拜希特勒的人，常常使用一个词儿 Darauf galngertum，意思是"说干就干，不必思考"。这是法西斯的做法，我们必须坚决唾弃。遇事必须深思熟虑，先考虑可行性，考虑的方面越广越好。然后再考虑不可行性，也是考虑的方面越广越好。正反两面仔细考虑完以后，就必须加以比较，作出决定，立即行动。如果你考虑正面，又考虑反面之后，再回头来考虑正面，又再考虑反面，那么，如此循环往复，终无宁日，最终成为考虑的巨人，行动的侏儒。

所以，我赞成孔子的"再，斯可矣"。

1997年5月11日

容 忍

人处在家庭和社会中,有时候恐怕需要讲点容忍的。

唐朝有一个姓张的大官,家庭和睦,美名远扬,一直传到了皇帝的耳中。皇帝赞美他治家有道,问他"道"在何处,他一气写了一百个"忍"字。这说得非常清楚:家庭中要互相容忍,才能和睦。这个故事非常有名。在旧社会,新年贴春联,只要门楣上写着"百忍家声"就知道这一家一定姓张。中国姓张的全以祖先的容忍为荣了。

但是容忍也并不容易。1935年,我乘西伯利亚铁路的车经苏联赴德国,车过中苏边界上的满洲里,停车四小时,由苏联海关检查行李。这是无可厚非的,入国必须检查,这是世界公例。但是,当时的苏联大概认为,我们这一帮人,从一个资本主义国家到另一个资本主义国家，恐怕没有好人，必须严查，以防万一。检查其他行李，我绝无意见。但是，在哈尔滨买的一把最粗糙的铁皮壶，却成了被检查的首要对象。这里敲敲，那里敲敲，薄薄的一层铁皮绝藏不下一颗炸弹的，然而他却敲打不止。我真有点无法容忍，想要发火。我身旁有一位年老的老外，是与我们同车的，看到我的神态，在我耳旁悄悄地说了句：Patience is the great virtue（容忍是很大的美德）。我对他微笑，表示致谢。我立即心平气和，天下太平。

看来容忍确是一件好事，甚至是一种美德。但是，我认为，也必须有一个界限。我们到了德国以后，就碰到这个问题。旧时欧洲流行决斗之风，谁污辱了谁，特别是谁的女情人，被污辱者一定要提出决斗。或用手枪，或用剑。普希金就是在决斗中被枪打死的。我们到的时候，此风已息，但仍发生。我们几个中国留学生相约：如果外国人污辱了我们自身，我们要揣度形势，主要要容忍，以东方的恕道克制自己。但是，如果他们污辱我们的国家，则无论如何也要同他们玩儿命，决不容忍。这就是我们容忍的界限。幸亏这样的事情没有发生，否则我就活不到今天在这里舞笔弄墨了。

现在我们中国人的容忍水平，看了真让人气短。在公共汽车上，挤挤碰碰是常见的现象。如果碰了或者踩了别人，连忙说一声："对不起！"就能够化干戈为玉帛，然而有不少人连"对不起"都不会

只等秋风过耳边

说了。于是就相吵相骂,甚至于扭打,甚至打得头破血流。我们这个伟大的民族怎么竟变成了这个样子!我在自己心中暗暗祝愿:容忍兮,归来!

1996 年 12 月 17 日

牵就与适应

牵就,也作"迁就"。"牵就"和"适应",是我们说话和行文时常用的两个词儿,含义颇有些类似之处;但是,一仔细琢磨,二者间实有差别,而且是原则性的差别。

根据词典的解释,《现代汉语词典》注"牵就"为"迁就"和"牵强附会"。注"迁就"为"将就别人",举的例是:"坚持原则,不能迁就。"注"将就"为"勉强适应不很满意的事物或环境",举的例是:"衣服稍微小一点,你将就着穿吧!"注"适应"为"适合(客观条件或需要)",举的例子是"适应环境"。"迁就"这个词儿,古书上也有,《辞源》注为"舍此取彼,委曲求合"。

我说,二者含义有类似之处,《现代汉语词典》注"将就"一词时就使用了"适应"一词。

词典的解释，虽然头绪颇有点乱，但是，归纳起来，"牵就（迁就）"和"适应"这两个词儿的含义还是清楚的。"牵就"的宾语往往是不很令人愉快、令人满意的事情。在平常的情况下，这种事情本来是不能或者不想去做的。极而言之，有些事情甚至是违反原则的，违反做人的道德的，当然完全是不能去做的。但是，迫于自己无法掌握的形势，或者出于利己的私心，或者由于其他的什么原因，非做不行，有时候甚至昧着自己的良心，自己也会感到痛苦的。

根据我个人的语感，我觉得，"牵就"的根本含义就是这样，词典上并没有说清楚。

但是，又是根据我个人的语感，我觉得，"适应"同"牵就"是不相同的。我们每一个人都会经常使用"适应"这个词儿的。不过在大多数的情况下，我们都是习而不察。我手边有一本沈从文先生的《花花朵朵坛坛罐罐》，汪曾祺先生的"代序：沈从文转业之谜"中有一段话说："一切终得变，沈先生是竭力想适应这种'变'的。"这种"变"，指的是解放。沈先生写信给人说："对于过去种种，得决心放弃，从新起始来学习。这个新的起始，并不一定即能配合当前需要，惟必能把握住一个进步原则来肯定，来完成，来促进。"沈从文先生这个"适应"，是以"进步原则"来适应新社会的。这个"适应"是困难的，但是正确的。我们很多人在解放初期都有类似的经验。

再拿来同"牵就"一比较，两个词儿的不同之处立即可见。"适

"应"的宾语，同"牵就"不一样，它是好的事物，进步的事物；即使开始时有点困难，也必能心悦诚服地予以克服。在我们的一生中，我们会经常不断地遇到必须"适应"的事务，"适应"成功，我们就有了"进步"。

简洁说：我们须"适应"，但不能"牵就"。

1998年2月4日

只等秋风过耳边

寂寞

寂寞像大毒蛇，盘住了我整个的心，我自己也奇怪：几天前喧腾的笑声现在还萦绕在耳际，我竟然给寂寞克服了吗？

但是，克服了，是真的，奇怪又有什么用呢？笑声虽然萦绕在耳际，早已恍如梦中的追忆了，我只有一颗心，空虚寂寞的心被安放在一个长方形的小屋里。我看四壁，四壁冰冷像石板，书架上一行行排列着的书，都像一行行的石块，床上棉被和大衣的折纹也都变成雕刻家手下的作品了。死寂，一切死寂，更死寂的却是我的心，——我到了庞培（Pompeii）了么？不，我自己证明没有，隔了窗子，我还可以看见袅动的烟缕，虽然还在袅动，但是又是怎样的微弱呢，——我到了西敏斯大寺（Westminster Abbey）了么？我自己又证明没有，我看不到阴森的长廊，看不到诗人的墓圹，我只是被装在一个长方形的小屋里，四周圈着冰冷的石板似的墙壁，我究竟在什么地方呢？桌子上那两盆草的蔓长嫩绿的枝条，反射在镜子里的影子，我透过玻璃杯看到的淡淡的影子；反射在电镀过的小钟座上的影子，在平常总轻轻地笼罩上一层绿雾，不是很美丽有生气的吗？为什么也变成浮雕般呆僵不动呢？——一切完了，一切都给寂寞吞噬了，寂寞凝定在墙上挂的相片上，凝定在屋角的蜘蛛网上，凝定在镜子里我自己的影子上……

一切都真的给寂寞吞噬了吗？不，还有我自己，我试着抬一抬胳膊；还能抬得起，我摆了摆头，镜子里的影子也还随着动，我自己问：是谁把我放在这里的呢？是我自己，现在我才发现，就是自己，我能逃……

我能逃，然而，寂寞又跟上我了呀！在平常我们跑着百米抢书的图书馆，不是很热闹的吗？现在为什么也这样冷清呢？我从这头看到那头，像看到一个朦胧的残梦，淡黄的阳光从窗子里穿进来造成一条光的路，又射在光滑的桌面上，不耀眼，不辉腾，只是死死地贴在桌上。像——像什么呢？我不愿意说，像乡间黑漆棺材上贴的金边。寥寥的几个看书的，错落地散坐着，使我想起到月明夜天空的星子，但也都石像似的坐着，不响也不动。是人么？不是，我左右看全不像；像木乃伊？又不像，因为我闻不到木乃伊应该有的那种香味；像死尸？有点，但也不全像，——我看到他们僵坐的姿势了；

我看到他们一个个的翻着的死白的眼了。我现在知道他们像什么，像鱼市里的死鱼，一堆堆地排列着，鼓着肚皮，翻着白眼，可怕！然而我能逃，然而寂寞又跟上了我，我向哪里逃呢？

到了世界的末日了吗？世界的末日，多可怕！以前我曾自己想象，自己是世界上最后的一个生物，因了这无谓的想象，我流过不知多少汗，但是现在却真教我尝到这个滋味了。天空倒挂着，像个盆，远处的西山，近处的楼台，都仿佛剪影似的贴在这灰白盆底上。小鸟缩着脖子站在土山上，不动，像博物馆里的标本；流水在冰下低缓地唱着丧歌；天空里破絮似的云片，看来像一贴贴的膏药，糊在我这寂寞的心上；枯枝丫杈着，看来像鱼刺，也刺着我这寂寞的心。

但是，我发现身旁有人影在游动了，我知道，我自己不是世界上最后的生物，我在内心浮起一丝笑意，但是（又是但是）却怪没等这笑意浮到脸上，我又看到我身旁的人也同样翻着死白的眼，像木乃伊？像僵尸？像鱼市上陈列的死鱼？谁耐心去管，战栗通过了我全身，我想逃，寂寞驱逐着我，我想逃，向哪里逃呢？——天哪！我不知道向哪里逃了。

夜来了，随了夜来的是更多的寂寞。当我从外面走回宿舍的时候，四周死一般沉寂，但总仿佛有悉索的脚步声绕在我四围。说声，其实哪里有什么声呢？只是我觉得有什么东西跟着我而已。倘若在白天，我一定说这是影子；倘若睡着了，我一定说这是梦，究竟是什么呢？我知道，这是寂寞，从远处我看到压在黑暗的夜气下面的宿舍，以前不是每个窗子都射出温热的软光来么？但是，变了，一切变了，大半的窗子都黑黑的，闭着寥寥的几个窗子，无力地迸射出几条光线来，又都是怎样暗淡灰白呢？——不，这不是窗子里射出来的灯光，这是墓地里的鬼火，这是魔窟里发出的魔光，我是到了鬼影幢幢的世界里了，我自己也成了鬼影了。

我平卧在床上，让柔弱的灯光流在我身上，让寂寞在我四周跳动，静听着远处传来的跫跫的足音，隐隐地，细细弱弱到听不清，听不见了。这声音从哪里传来的呢？是从辽远又辽远的国土里呀！是从寂寞的大沙漠里呀！但是，又像比辽远的国土更辽远。我的小屋是坟墓，这声音是从墓外过路人的脚下蹑出来的呀！离这里多远呢？想象不出，也不能想象，望吧！是一片茫茫的白海流布在中间，海里是什么呢？是寂寞。

隔了窗子，外面是死寂的夜，从蒙翳的玻璃里看出去，不见灯光，不见一切东西的清晰的轮廓，只是黑暗，在黑暗里的迷离的树影，丫杈着，刺着暗灰的天。在三个月前，这秃光的枯枝上，有过一串串的叶子，在萧瑟的秋风里打战，又罩上一层淡淡的黄雾。再往前，在五六个月以前吧，同样的这枯枝上织了一丛丛的茂密的绿，在雨里凝成浓翠，在毒阳下闪着金光。倘若再往前推，在春天里，这枯枝上嵌着一颗颗火星似的红花，远处看，辉耀着，像火焰。——但是，一转眼，溜到现在，现在怎样了呢？变了，全变了，只剩了秃光的枯枝，刺着天空，把小小的温热的生命力蕴蓄在这枯枝的中心，外面披上这层刚劲的皮，忍受着北风的狂吹，忍受着白雪的凝固，忍受着寂寞的来袭，同我一样。它也该同我一样切盼着春的来临，切盼着寂寞的退走吧。春什么时候会来呢？寂寞什么时候会走呢？这漫漫的长长的夜，这漫漫的更长的冬……

1934 年 1 月 22 日

谈礼貌

眼下,即使不是百分之百的人,也是绝大多数的人,都抱怨现在社会上不讲礼貌。这完全有事实做根据的。前许多年,当时我腿脚尚称灵便,出门乘公共汽车的时候多,几乎每一次我都看到在车上吵架的人,甚至动武的人,起因都是微不足道的:你碰了我一下,我踩了你的脚,如此等等。试想,在拥拥挤挤的公共汽车上,谁能不碰谁呢?这样的事情也值得大动干戈吗?

曾经有一段时间,有关的机关号召大家学习几句话:"谢谢!""对不起!"等等,就是针对上述的情况而发的。其用心良苦,然而我心里却觉得不是滋味。一个有五千年文明的堂堂大国竟要学习幼儿园孩子们学说的话,岂不大可哀哉!

有人把不讲礼貌的行为归咎于新人类或新新人类。我并无资格成为新人类的同党,我已经是属于博物馆的人物了。但是,我却要为他们打抱不平。在他们诞生以前,有人早著了先鞭。不过,话又要说回来。新人类或新新人类确实在不讲礼貌方面有所创造,有所前进,他们发扬光大这种并不美妙的传统,他们(往往是一双男女)在光天化日之下,车水马龙之中,拥抱接吻,旁若无人,洋洋自得,连在这方面比较不拘细节的老外看了都目瞪口呆,惊诧不已。古人说:"闺房之内,有甚于画眉者。"这是两口子的私事,谁也管不着。但这是在闺房之内的事,现在竟几乎要搬到大街上来,虽然还没有到"甚于画眉"的水平,可是已经很可观了。新人类还要"新"到什么程度呢?

如果一个人孤身住在深山老林中,你愿意怎样都行。可我们是处在社会中,这就要讲究点人际关系。人必自爱而后人爱之。没有礼貌是目中无人的一种表现,是自私自利的一种表现,如果这样的人多了,必然产生与社会不协调的后果。千万不要认为这是个人小事而掉以轻心。

现在国际交往日益频繁,不讲礼貌的恶习所产生的恶劣影响,已经不局限于国内,而是会流布全世界。前几年,我看到过一个什么电视片,是由一个意大利著名摄影家拍摄的,主题是介绍北京情况的。北京的名胜古迹当然都包罗无遗,但是,我的眼前忽然一亮:一个光着膀子的胖大汉骑自行车双手撒把,作打太极拳状,飞驰在天安门前宽广的大马路上，给人的形象是野蛮无礼。这样的形象并不多见，然而却没有逃过一个老外的眼光。我相信，这个电视片是会在全世界都放映的。它在外国人心目中会产生什么影响，不是一清二楚了吗？

最后，我想当一个文抄公，抄一段香港《大公报》上的话："富者有礼高贵，贫者有礼免辱，父子有礼慈孝，兄弟有礼和睦，夫妻有礼情长，朋友有礼义笃，社会有礼祥和。"

2001 年 1 月 29 日

论压力

《参考消息》今年7月3日以半版的篇幅介绍了外国学者关于压力的说法。我也正考虑这个问题，因缘和合，不免唠叨上几句。

什么叫"压力"？上述文章中说："压力是精神与身体对内在与外在事件的生理与心理反应。"下面还列了几种特性，今略。我一向认为，定义这玩意儿，除在自然科学上可能确切外，在人文社会科学上则是办不到的。上述定义我看也就行了。

是不是每一个人都有压力呢？我认为，是的。我们常说，人生就是一场拼搏，没有压力，哪来的拼搏？佛家说，生、老、病、死、苦，苦也就是压力。过去的国王、皇帝，近代外国的独裁者，无法无天，为所欲为，看上去似乎一点压力都没有。然而他们却战战兢兢，时时如临大敌，担心边患，担心宫廷政变，担心被毒害被刺杀。他们是世界上最孤独的人，压力比任何人都大。大资本家钱太多了，担心股市升降，房地产价波动，等等。至于吾辈平民老百姓，"家家有一本难念的经"，这些都是压力，谁能躲得开呢？

  压力是好事还是坏事？我认为是好事。从大处来看，现在全球环境污染，生态平衡破坏，臭氧层空洞，人口爆炸，新疾病丛生，等等，人们感觉到了，这当然就是压力。然而压出来的却是增强忧患意识，增强防范措施，这难道不是天大的好事吗？对一般人来说，法律和其他一切合理的规章制度，都是压力。然而这些压力何等好啊！没有它，社会将会陷入混乱，人类将无法生存。这个道理极其简单明了，一说就懂。我举自己作一个例子。我不是一个没有名利思想的人——我怀疑真有这种人，过去由于一些我曾经说过的原因，表面上看起来，我似乎是淡泊名利，其实那多半是假象。但是，到了今天，我已至望九之年，名利对我已经没有什么用，用不着再争名于朝，争利于市，这方面的压力没有了。但是却来了另一方面的压力，主要来自电台采访和报刊以及友人约写文章。这对我形成颇大的压力。以写文章而论，有的我实在不愿意写，可是碍于面子，不得不应。应就是压力。于是"拨冗"苦思，往往能写出有点新意的文章。对我来说，这就是压力的好处。

  压力如何排除呢？粗略来分类，压力来源可能有两类：一被动，一主动。天灾人祸，意外事件，属于被动，这种压力，无法预测，只有泰然处之,切不可杞人忧天。主动的来源于自身,自己能有所作为。我的"三不主义"的第三条是"不嘀咕",我认为,能做到遇事不嘀咕,就能排除自己制造的压力。

1998 年 7 月 8 日

有为有不为

"为",就是"做"。应该做的事,必须去做,这就是"有为"。不应该做的事必不能做,这就是"有不为"。

在这里,关键是"应该"二字。什么叫"应该"呢?这有点像仁义的"义"字。韩愈给"义"字下的定义是"行而宜之之谓义"。"义"就是"宜"。而"宜"就是"合适",也就是"应该",但问题仍然没有解决。要想从哲学上、从伦理学上说清楚这个问题,恐怕要写上一篇长篇论文,甚至一部大书。我没有这个能力,也认为根本无此必要。我觉得,只要诉诸一般人都能够有的良知良能,就能分辨清是非善恶了,就能知道什么事应该做,什么事不应该做了。

中国古人说:"勿以善小而不为,勿以恶小而为之。"可见善恶是有大小之别的,应该不应该也是有大小之别的,并不是都在一个水平上。什么叫大,什么叫小呢?这里也用不着繁琐的论证,只须动一动脑筋,睁开眼睛看一看社会,也就够了。

小恶、小善,在日常生活中,随时可见。比如在公共汽车上给老人和病人让座,能让,算是小善;不能让,也只能算是小恶,够不上大逆不道。然而,从那些一看到有老人或病人上车就立即装出闭目养神的样子的人身上,不也能由小见大看出社会道德的水平吗?

至于大善大恶,目前社会中也可以看到,但在历史上却看得更清楚。比如宋代的文天祥。他为元军所虏。如果他想活下去,屈膝投敌就行了,不但能活,而且还能有大官做,最多是在身后被列入"贰臣传","身后是非谁管得",管那么多干吗呀。然而他却高赋《正气歌》,从容就义,留下英名万古传,至今还在激励着我们全国人民的爱国热情。

通过上面举的一个小恶的例子和一个大善的例子,我们大概对大小善和大小恶能够得到一个笼统的概念了。凡是对国家有利,对人民有利,对人类发展前途有利的事情就是大善,反之就是大恶。凡是对处理人际关系有利,对保持社会安定团结有利的事情可以称之为小善,反之就是小恶。大小之间有时难以区别,这只不过是一个大体的轮廓而已。

大小善和大小恶有时候是有联系的。俗话说:"千里之堤,溃于蚁穴。"拿眼前常常提到的贪污行为而论,往往是先贪污少量的财物,心里还有点打鼓。但是，一旦得逞，尝到甜头，又没被人发现，于是胆子越来越大，贪污的数量也越来越多，终至于一发而不可收拾，最后受到法律的制裁，悔之晚矣。也有个别的识时务者，迷途知返，就是所谓浪子回头者，然而难矣哉！

我的希望很简单，我希望每个人都能有为有不为。一旦"为"错了，就毅然回头。

2001 年 2 月 23 日

自己的花是让别人看的

爱美大概也算是人的天性吧。宇宙间美的东西很多，花在其中占重要的地位。爱花的民族也很多，德国在其中占重要的地位。

四五十年以前我在德国留学的时候，我曾多次对德国人爱花之真切感到吃惊。家家户户都在养花。他们的花不像在中国那样，养在屋子里，他们是把花都栽种在临街窗户的外面。花朵都朝外开，在屋子里只能看到花的脊梁。我曾问过我的女房东："你这样养花是给别人看的吧！"她莞尔一笑说道："正是这样！"

正是这样，也确实不错。走过任何一条街，抬头向上看，家家的窗子前都是花团锦簇、姹紫嫣红。许多窗子连接在一起，汇成了一个花的海洋，让我们看的人如入山阴道上，应接不暇。每一家都是这样，在屋子里的时候，自己的花是让别人看的。走在街上的时候，自己又看别人的花。人人为我，我为人人。我觉得这一种境界是颇耐人寻味的。

今天我又到了德国，刚一下火车，迎接我们的主人问我："你离开德国这样久，有什么变化没有？"我说："变化是有的，但是美丽并没有改变。"我说"美丽"指的东西很多，其中也包含着美丽的花。我走在街上，抬头一看，又是家家户户的窗口上都堵满了鲜花。多么奇丽的景色！多么奇特的民族！我仿佛又回到四五十年前，我做了一个花的梦，做了一个思乡的梦。

1985 年 8 月 27 日

满招损,谦受益

这本来是中国一句老话,来源极古,《尚书·大禹谟》中已经有了,以后历代引用不辍,一直到今天,还经常挂在人们嘴上。可见此话道出了一个真理,经过将近三千年的检验,益见其真实可靠。

这话适用于干一切工作的人,做学问何独不然?可是,怎样来解释呢?

根据我自己的思考与分析,满(自满)只有一种:真。假自满者,未之有也。吹牛皮,说大话,那不是自满,而是骗人。谦(谦虚)却有两种,一真一假。假谦虚的例子,真可以说是俯拾即是。故作谦虚状者,比比皆是。中国人的"菲酌""拙作"之类的词,张嘴即出。什么"指正""斧正""哂正"之类的送人自己著作的谦词,谁都知道是假的,然而谁也必须这样写。这种谦词已经深入骨髓,不给任何人留下任何印象。日本人赠人礼品,自称"粗品"者,也属于这一类。这种虚伪的谦虚不会使任何人受益。西方人无论如何也是不能理解的。为什么拿"菲酌"而不拿盛宴来宴请客人?为什么拿"粗品"而不拿精品送给别人?对西方人简直是一个谜。

我们要的是真正的谦虚,做学问更是如此。如果一个学者,不管是年轻的,还是中年的、老年的,觉得自己的学问已经够大了,没有必要再进行学习了,他就不会再有进步。事实上,不管你搞哪一门学问,绝不会有搞得完全彻底、一点问题也不留的。人即使能活上一千年,也是办不到的。因此,在做学问上谦虚,不但表示这个人有道德,也表示这个人是实事求是的。听说康有为说过,他年届三十,天下学问即已学光。仅此一端,就可以证明,康有为不懂什么叫学问,现在有人尊他为"国学大师",我认为是可笑的。他至多只能算是一个革新家。

在当今中国的学坛上,自视甚高者,所在皆是;而真正虚怀若谷者,则绝无仅有。我不认为这是一个好现象。有不少年轻的学者,写过几篇论文,出过几册专著,就傲气凌人。这不利于他们的进步,也不利于中国学术前途的发展。

我自己怎样呢?我总觉得自己不行。我常常讲,我是样样通,样样松。我一生勤奋不辍,天天都在读书写文章,但一遇到一个必须深入或更深入钻研的问题,就觉得自己知识不够,有时候不得不临时抱佛脚。人们都承认,自知之明极难;有时候,我却觉得,自己的"自知之明"过了头,不是虚心,而是心虚了。因此,我从来没有觉得自满过。这当然可以说是一个好现象。但是,我又遇到了极大的矛盾:我觉得真正行的人也如凤毛麟角。我总觉得,好多学人不够勤奋,天天虚度光阴。我经常处在这种心理矛盾中。别人对我的赞誉,我非常感激;但是,我并没有被这些赞誉冲昏了头脑,我头脑是清楚的。我只劝大家,不要全信那一些对我赞誉的话,特别是那些顶高得惊人的帽子,我更是受之有愧。

做真实的自己

在人的一生中,思想感情的变化总是难免的。连寿命比较短的人都无不如此,何况像我这样寿登耄耋的老人!

我们舞笔弄墨的所谓"文人",这种变化必然表现在文章中。到了老年,如果想出文集的话,怎样来处理这样一些思想感情前后有矛盾,甚至天翻地覆的矛盾的文章呢?这里就有两种办法。在过去,有一些文人,悔其少作,竭力掩盖自己幼年挂屁股帘的形象,尽量删削年轻时的文章,使自己成为一个一生一贯正确,思想感情总是前后一致的人。

我个人不赞成这种做法,认为这有点作伪的嫌疑。我主张,一个人一生是什么样子,年轻时怎样,中年怎样,老年又怎样,都应该如实地表达出来。在某一阶段上,自己的思想感情有了偏颇,甚至错误，绝不应加以掩饰，而应该堂堂正正地承认。这样的文章绝不应任意删削或者干脆抽掉，而应该完整地加以保留，以存真相。

在我的散文和杂文中，我的思想感情前后矛盾的现象，是颇能找出一些来的。比如对中国社会某一个阶段的歌颂，对某一个人的崇拜与歌颂，在写作的当时，我是真诚的；后来感到一点失望，我也是真诚的。这些文章，我都毫不加以删改，统统保留下来。不管现在看起来是多么幼稚，甚至多么荒谬，我都不加掩饰，目的仍然是存真。

像我这样性格的一个人，我是颇有点自知之明的。我离一个社会活动家，是有相当大的距离的。我本来希望像我的老师陈寅恪先生那样，淡泊以明志，宁静以致远，不求闻达，毕生从事学术研究，又绝不是不关心国家大事，绝不是不爱国，那不是中国知识分子的传统。然而阴差阳错，我成了现在这样一个人。应景文章不能不写，写序也推脱不掉，"春花秋月何时了，开会知多少"，会也不得不开。事与愿违，尘根难断，自己已垂垂老矣，改弦更张，只有俟诸来生了。

这与我写一些文章有关。因写"后记"，触发了我的感慨，所以就加了这样一条尾巴。

1995年3月18日

第二章 当时只道是寻常

时 间

　　一抬头，就看到书桌上座钟的秒针在一跳一跳地向前走动。它那里一跳，我的心就一跳。孔子说："逝者如斯夫，不舍昼夜！"这里指的是水。水永远不停地流逝，让孔夫子吃惊兴叹。我的心跳，跳的是时间。水是能看得见、摸得着的，时间却看不见、摸不着的，它的流逝你感觉不到，然而确实是在流逝。现在我眼前摆上了座钟，它的秒针一跳一跳，让我再清楚不过地看到了时间的流逝，焉能不心跳？焉能不兴叹呢？

　　远古的人大概是很幸福的。他们日出而作，日入而息，根据太阳的出没来规定自己的活动。即使能感到时间的流逝，也只在依稀隐约之间。后来，他们聪明了，根据太阳光和阴影的推移，把时间称做光阴。再后来，人们的聪明才智更提高了，用铜壶滴漏的办法来显示和测定时间的推移，这是用人工来抓住看不见、摸不着的时间的尝试。到了近几百年，人类发明了钟表，把时间的存在与流逝清清楚楚地摆在每一个人的面前。这是人类文明进步的表现。但是，正如人们常说的那样，"有一利必有一弊"，人类成了时间的奴隶，成了手表的奴隶。现在各种各样的会极多，开会必须规定时间，几点几分，不能任意伸缩。如果参加重要的会而路上偏偏赶上堵车，任你怎样焦急，怎样频频看手表，都是白搭。这不是典型的时间的奴隶又是什么呢？然而，话又说了回来，在今天头绪纷纭、杂乱有章的社会里，开会不定时间，还像古人那样"日出而作，日入而息"，悠哉游哉，顺帝之则，今天的社会还能运转吗？不管你愿意不愿意，成为时间的奴隶就正是文明的表现。

不管你意识到还是没有意识到，大自然还是把虚无缥缈的时间用具体的东西暗示给了人们。比如用日出日落标志出一天，用月亮的圆缺标志出一月，用四季（在印度是六季或者两季）标志出一年。农民最关心这些问题，一年二十四个节气对他们种庄稼有重要意义。在自然科学家和哲学家眼中，时间具有另外的意义。他们说，大千世界，人类万物，都生长在时间和空间内，而时间是无头无尾的，空间是无边无际的。我既不是自然科学家，也不是哲学家，对无头无尾和无边无际实在难以理解。可是不这样又能怎样呢？如果时间有了头尾，头以前尾以后又是什么呢？因此，难以理解也只得理解，此外更没有其他途径。

生与死也属于时间范畴。一般人总是把生与死绝对对立起来。但是，中国古代的道家却主张"万物方生方死"，把生与死辩证地联系在一起，而且准确无误地道出了生即是死的关系。随着座钟秒针的一跳，我自己就长了无法用言语表达出来的那么一点点儿。同时也就是向着死亡走近了那么一点点儿。不但我是这样，现在正是初夏，窗外的玉兰花、垂柳和深埋在清塘里的荷花，也都长了那么一点点儿。不久前还是冰封的湖水，现在是"风乍起，吹皱一池夏水"，波光潋滟，水色接天。岸上的垂杨，从光秃秃的枝条上逐渐长出了小叶片，一转瞬间，出现了一片鹅黄；再一转瞬，就是一片嫩绿；现在则是接近浓绿了。小山上原来是一片枯草，"一夜东风送春暖，满山开遍二月兰"。今年是二月兰的大年，山上地下，只要有空隙，二月兰必然出现在那里，座钟的秒针再跳上多少万次，二月兰即将枯萎，也就是走向暂时的死亡了。所有这些东西，都是方生方死。这是自然的规律，不可逆转的。

印度人是聪明的，他们把时间和死亡视为一物。梵文 hāla，既是"时间"，又是"死亡或死神"。《罗摩衍那》的主人公罗摩，在活了极长的时间以后，hāla 走上门来，这表示他就要死亡了。罗摩泰然处之，既不"饮恨"，也不"吞声"。他知道这是自然规律，人类是无能为力的。我们今天知道，不但人类是这样，世界上万事万物都有始有终，无一例外。"顺其自然"是最好的办法。我在这里顺便说一下。在梵文里，动词"死"的字根是 mn；但是此字不用 manati 来表示现在时，而是用被动式 mniyati（ti）。这表示，印度人认为"死"是被动的，主动自杀者究属少数。

同印度人比较起来，中国人大概希望争取长生。越是有钱有势的人越希望活下去，在旧社会里生活在水深火热中的小百姓，绝不会愿意长远活下去的。而富有天下的天子则热切希望长生。中国历史上几位有名的英主，莫不如此。秦始皇和汉武帝都寻求不死之药或者仙丹什么的，连唐太宗都是服用了印度婆罗门的"仙药"而中毒身亡的。老百姓书呆子中也有寻求肉身升天的，而且连鸡犬都带了上去。我这个木头脑袋瓜真想也想不通，如果真有那么一个"天"的话，人数也不会太多。升到那里去干些什么呢？那里不会有官僚衙门，想走后门靠贿赂来谋求升官，没有这个可能。那里也不会有什么市场，什么 WTO，想发财也英雄无用武之地。想打麻将，唱卡拉 OK，唱几天，打几天，还是会有兴趣的，但让你一月月一年年永远打下去，你受得了吗？养鸡喂狗，永远喂下去，你也受不了。"不为无益之事，何以遣有涯之生！"无益之事天上没有。在天上待长了，你一定会自杀的。苏东坡说"起舞弄清影，何似在人间！"是有见地之言。我们还是老老实实待在人间吧。

要待在人间，就必须受时间的制约。在时间面前，人人平等。

如果想不通我在上面说的那一些并不深奥的道理，时间就变成了枷锁，让你处处感到不舒服。但是，如果真想通了，则戴着枷锁跳舞反而更能增加一些意想不到的兴趣。我自认是想通了。现在照样一抬头就看到书桌上座钟的秒针一跳一跳地向前走动，但是我的心却不跳了。我觉得这是时间给我提醒儿，让我知道时间的价值。"一寸光阴不可轻"，朱子这一句诗对我这个年过九十的老头儿也是适用的。

2002 年 3 月 31 日

我害怕"天才"

人类的智商是不平衡的,这种认识已经属于常识的范畴,无人会否认的。不但人类如此,连动物也不例外。我在乡下观察过猪,我原以为这蠢然一物,智商都一样,无所谓高低的。然而事实上猪们的智商颇有悬殊。我喜欢养猫,经我多年的观察,猫们的智商也不平衡,而且连脾气都不一样,颇使我感到新奇。

猪们和猫们有没有天才,我说不出。专就人类而论,什么叫作"天才"呢?我曾在一本书里或一篇文章里读到过一个故事。某某数学家,在玄秘深奥的数字和数学符号的大海里游泳,如鱼得水,圆融无碍。别人看不到的问题,他能看到;别人解答不了的方程式之类的东西,他能解答。于是,众人称之为"天才"。但是,一遇到现实生活中的问题,他的智商还比不了一个小学生。比如猪肉三角三分一斤，五斤猪肉共值多少钱呢？他瞠目结舌，无言以对。

因此，我得出一个结论："天才"即偏才。

在中国文学史或艺术史上，常常有几"绝"的说法。最多的是"三绝"，指的是诗、书、画三绝。所谓"绝"，就是超越常人，用一个现成的词儿，就是"天才"。可是，如果仔细分析起来，这个人在几绝中只有一项，或者是两项是真正的"绝"，为常人所不能及，其他几绝都是为了凑数凑上去的。因此，所谓"三绝"或几绝的"天才"，其实也是偏才。

可惜古今中外参透这一点的人极少极少，更多的是自命"天才"的人。这样的人老中青都有。他们仿佛是从菩提树下金刚台上走下来的如来佛，开口便昭告天下："天上天下，唯我独尊。"这种人最多是在某一方面稍有成就，便自命不凡起来，看不起所有的人，一副"天才气"，催人欲呕。这种人在任何团体中都不能团结同仁，有的竟成为害群之马。从前在某个大学中有一位年轻的历史教授，自命"天才"，瞧不起别人，说这个人是"狗蛋"，那个人是"狗蛋"。结果是投桃报李，群众联合起来，把"狗蛋"的尊号恭呈给这个人，他自己成了"狗蛋"。

这样的人在当今社会上并不少见，他们成为社会上不安定的因素。

蒙田在一篇名叫《论自命不凡》的随笔中写道：

对荣誉的另一种追求，是我们对自己的长处评价过高。这是我们对自己怀有的本能的爱，这种爱使我们把自己看得和我们的实际情况完全不同。

我绝不反对一个人对自己本能的爱，应该把这种爱引向正确的方向。如果把它引向自命不凡，引向自命"天才"，引向傲慢，则会损己而不利人。

我害怕的就是这样的"天才"。

1999 年 7 月 25 日

走运与倒霉

走运与倒霉，表面上看起来，似乎是绝对对立的两个概念。世人无不想走运，而绝不想倒霉。

其实，这两件事是有密切联系的，互相依存的，互为因果的。说极端了，简直是一而二、二而一者也。这并不是我的发明创造。两千多年前的老子已经发现了，他说："祸兮福之所倚，福兮祸之所伏。孰知其极？其无正。"老子的"福"就是走运，他的"祸"就是倒霉。

走运有大小之别，倒霉也有大小之别，而两者往往是相通的。走的运越大，则倒的霉也越惨，两者之间成正比。中国有一句俗话说："爬得越高，跌得越重。"形象生动地说明了这种关系。

吾辈小民，过着平平常常的日子，天天忙着吃、喝、拉、撒、睡，操持着柴、米、油、盐、酱、醋、茶。有时候难免走点小运，有的是主动争取来的，有的是时来运转，好运从天上掉下来的。高兴之余，不过喝上二两二锅头，飘飘然一阵了事。但有时又难免倒点小霉，"闭门家中坐，祸从天上来"，没有人去争取倒霉的。倒霉以后，也不过心里郁闷几天，对老婆孩子发点小脾气，转瞬就过去了。

但是，历史上和眼前的那些大人物和大款们，他们一身系天下安危，或者系一个地区、一个行当的安危。他们得意时，比如打了一个大胜仗，或者倒卖房地产、炒股票，发了一笔大财，意气风发，踌躇满志，自以为天上天下，唯我独尊。"固一世之雄也"，怎二两二锅头了得！然而一旦失败，不是自刎乌江，就是从摩天高楼跳下，"而今安在哉"！

从历史上到现在，中国知识分子有一个"特色"，这在西方国家是找不到的。中国历代的诗人、文学家，不倒霉则走不了运。司马迁在《太史公自序》中说："昔西伯拘羑里，演《周易》；孔子厄陈蔡，作《春秋》；屈原放逐，著《离骚》；左丘失明，厥有《国语》；孙子膑脚，而论兵法；不韦迁蜀，世传《吕览》；韩非囚秦，《说难》《孤愤》；《诗》三百篇，大抵贤圣发愤之所为作也。"司马迁算的这个总账，后来并没有改变。汉以后所有的文学大家，都是在倒霉之后，才写出了震古烁今的杰作。像韩愈、苏轼、李清照、李后主等一批人，莫不皆然。

了解了这一番道理之后，有什么意义呢？我认为，意义是重大

我虽然从没叹息过，
但叹息却堆在我的心里。

的。它能够让我们头脑清醒,理解祸福的辩证关系:走运时,要想到倒霉,不要得意过了头;倒霉时,要想到走运,不必垂头丧气。心态始终保持平衡,情绪始终保持稳定,此亦长寿之道也。

1998 年 11 月 2 日

当时只道是寻常

这是一句非常明白易懂的话，却道出了几乎人人都有的感觉。所谓"当时"者，指人生过去的某一个阶段。处在这个阶段中时，觉得过日子也不过如此，是很寻常的。过了十几二十年或者更长的时间，回头一看，当时实在有不寻常者在。因此有人，特别是老年人，喜欢在回忆中生活。

在中国，这种情况比较突出，魏晋时代的人喜欢做羲皇上人。这是一种什么心理呢？"鸡犬之声相闻，而老死不相往来"，真就那么好吗？人类最初不会种地，只是采集植物，猎获动物，以此为生，生活是十分艰苦的。这样的生活有什么可向往的呢！

然而，根据我个人的经验，发思古之幽情，几乎是每个人都有的。到了今天，沧海桑田，世界有多少次巨大的变化，人们思古的情绪却依然没变。我举一个具体的例子。十几年前,我重访了我曾待过十年的德国哥廷根。我的老师瓦尔德施密特教授夫妇都还健在。但已今非昔比,房子捐给梵学研究所,汽车也已卖掉。他们只有一个独生子,二战中阵亡。此时老夫妇二人孤零零地住在一座十分豪华的养老院里。院里设备十分齐全,游泳池、网球场等一应俱全。但是,这些设备对七八十岁、八九十岁的老人有什么用处呢?让老人们触目惊心的是,每隔一段时间就有某一个房号空了出来,主人见上帝去了。这对老人们的刺激之大是不言而喻的。我的来临大出教授的意料,他简直有点喜不自胜的意味。夫人摆出了当年我在哥廷根时常吃的点心。教授仿佛返老还童,回到了当年去了。他笑着说:"让我们好好地过一过当年过的日子,说一说当年常说的话!"我含着眼泪离开了教授夫妇,嘴里说着连自己都不相信的话:"过几年,我还会来看你们的。"

我的德国老师不会懂"当时只道是寻常"的隐含的意蕴,但是古今中外人士所共有的这种怀旧追忆的情绪却是有的。这种情绪通过我上面描述的情况完全流露出来了。

仔细分析起来,"当时"是很不相同的。国王有国王的"当时",有钱人有有钱人的"当时",平头老百姓有平头老百姓的"当时"。在李煜眼中,"当时"是"车如流水马如龙,花月正春风"游上林苑的"当时"。对此,他没有别的办法,只有哀叹"天上人间"了。

我不想对这个概念再进行过多的分析。本来是明明白白的一点真理，过多的分析反而会使它迷离模糊起来。我现在想对自己提出一个怪问题：你对我们的现在，也就是眼前这个现在，感觉到是寻常呢还是不寻常？这个"现在"，若干年后也会成为"当时"的。到了那时候，我们会不会说"当时只道是寻常"呢？现在无法预言。现在我住在医院中，享受极高的待遇。应该说，没有什么不满足的地方。但是，倘若扪心自问："你认为是寻常呢，还是不寻常？"我真有点说不出，也许只有到了若干年后，我才能说："当时只道是寻常。"

2003年6月20日

年

年，像淡烟，又像远山的晴岚。我们握不着，也看不到。当它走来的时候，只在我们的心头轻轻地一拂，我们就知道：年来了。但是究竟什么是年呢？却没有人能说得清了。

当我们沿着一条大路走着的时候，遥望前路茫茫，花样似乎很多。但是，及至走上前去，身临切近，却正如向水里扑自己的影子，捉到的只有空虚。更遥望前路，仍然渺茫得很。这时，我们往往要回头看看的。其实，回头看，随时都可以。但是我们却不。最常引起我们回头看的，是当我们走到一个路上的界石的时候。说界石，实在没有什么石。只不过在我们心上有那么一点痕迹。痕迹自然很虚缥，所以不易说。但倘若不管易说不易说，说了出来的话，就是年。

说出来了，这年，仍然很虚缥。也许因为这一说，变得更虚缥。

但这却是没有办法的事了。我前面不是说我们要回头看吗？就先说我们回头看到的吧。——我们究竟看到些什么呢？灰蒙蒙的一片，仿佛白云，又仿佛轻雾，朦胧成一团。里面浮动着各种的面影，各样的彩色。这似乎真有花样了。但仔细看来，却又不然，仍然是平板单调。就譬如从最近的界石看回去吧。先看到白皑皑的雪凝结在丫杈着刺着灰的天空的树枝上。再往前，又看到澄碧的长天下流泛着的萧瑟冷寂的黄雾。再往前，苍郁欲滴的浓碧铺在雨后的林里，铺在山头，烈阳闪着金光。更往前，到处闪动着火焰般的花的红影。中间点缀着亮的白天，暗的黑夜。在白天里，我们拼命填满了肚皮。在黑夜里，我们挺在床上咧开大嘴打呼。就这样，白天接着黑夜，黑夜接着白天，一明一暗地滚下去，像玉盘上的珍珠。

…………

于是越过一个界石。看上去，仍然看到白皑皑的雪，看到萧瑟冷寂的黄雾，看到苍郁欲滴的浓碧，看到火焰般的红影。仍然是连续的亮的白天，暗的黑夜——于是又越过了一个界石。于是又——一个界石，一个界石，界石连着界石，没有完。亮的白天，暗的黑夜交织着。白雪，黄雾，浓碧，红影，混成一团。影子却渐渐地淡了下来。我们的记忆也被拖到辽远又辽远的雾蒙蒙的暗陬里去了。我们再看到什么呢？更茫茫。然而，不新奇。

不新奇吗？却终究又有些新的花样了。仿佛是跨过第一个界石的时候——实在还早，仿佛是才踏上了世界的时候，我们眼前便障上了幕。我们看不清眼前的东西，只是摸索着走上去。随了白天的消失，暗夜的消失，这幕渐渐地一点一点地撤下去。但我们不觉得。我们觉得的时候，往往是在踏上了一个界石回头看的一刹那。一觉得，我们又慌了："会有这样的事情发生到我身上吗？"其实，当这事情正在发生的时候，我们还热烈地参加着，或表演着。现在一觉得，便大惊小怪起来。我们又肯定地信，不会有这样的事情发生到我们身上的。我们想：自己以前仿佛没曾打算有这样的事情发生。实在，打算又有什么用呢？事情早已给我们安排在幕后。只是幕不撤，我们看不到而已。而且又真没曾打算过。以后我们又证明给自己：的确发生过这样的事情了。于是，因了这惊，这怪，我们也似乎变得比以前更聪明些。"以后我要这样了"，我们想。真的，以后我们要这样了。然而，又走到一个界石，回头一看，我们又惊疑："怎么又会有这样的事情发生到我身上呢？"是的，真有过。"以后我要这样了"，我们又想。——虽然一点一点地撤开，我们眼前仍是幕。于是，一个界石，一个界石，就在这随时发现的新奇中过下去，一直到现在，我们眼前仍然是幕。这幕什么时候才撤净呢？我们苦恼着。

但也因而得到了安慰了。一切事情，虽然都已经安排在幕后，有时我们也会蓦地想到几件。其中也不缺少一想到就使我们流汗、战栗、喘息的事情。我们知道它们一定会发生，只是不知道什么时候而已。但现在回头看来,许多这样的事情,只在这幕的微启之下,便悠然地露了出来,我们也不知怎样竟闯了过来。回顾当时的流汗,的战栗,的喘息,早成残像,只在我们心的深处留下一点痕迹。不禁微笑浮上心头了。回首绵绵无尽的灰雾中,竟还有自己踏过的微白的足迹在,蜿蜒一条长长的路,一直通到现在的脚跟下。再一想踏这条路时的心情,看这眼前的幕一点一点撒开时的或惊,或惧,或喜的心情,微笑更要浮上嘴角了。

这样,这条微白的长长的路就一直蜿蜒到脚跟。现在脚下踏着的又是一块新的界石了。不容我们迟疑,这条路又把我们引上前去。我们不能停下来,也不愿意停下来的。倘若抬头向前看的时候——又是一条微白的长长的路,伸展开去。又是一片灰蒙蒙的雾,这路就蜿蜒到雾里去。到哪里止呢?谁知道,我们只是走上前去。过去的,混沌迷茫,不知其所以然了。未来的,混沌迷茫,更不知其所以然了。但是我们时时刻刻都在向前走着。时时刻刻这条蜿蜒的长长的路向后缩了回去,又时时刻刻向前伸了出去,摆在我们面前。仍然再缩了回去,离我们渐远,渐远,窄了,更窄了,埋在茫茫的雾里。刚才看见的东西,一转眼,便随了这条路缩了回去,渐渐地不清楚,成云,成烟,埋在记忆里,又在记忆里消失了。只有在我们眼前的这一点短短的时间——一分钟,不,还短;一秒钟,不,还短;短到说不出来,就算有那么一点时间吧。我们眼前有点亮:一抬眼,便可以看到桌子上摆着的花的蔓长的枝条在风里袅动,看到架上排着的书,看到玻璃杯在静默里反射着清光,看到窗外枯树寒鸦的淡影,看到电灯罩的丝穗在轻微地散布着波纹,看到眼前的一切,都发亮。然后一转眼,这一切又缩了回去,渐渐地不清楚,成云,成烟,埋在记忆里,也在记忆里消失吧。等到第二次抬眼的时候,看到的一切已经同前次看到的不同了。我说,我们就只有那样短短的时间的一点亮。这条蜿蜒的长长的路伸展出去,这一点亮也跟着走。一直到我们不愿意,或者不能走了,我们眼前仍然只有那一点亮,带大糊涂走开。

当我们还在沿着这条路走的时候,虽然眼前只有那样一点亮,我们也只好跟着它走上去了。脚踏上一块新的界石的时候,固然常常引起我们回头去看;但是,我们仍要时时提醒自己:前面仍然有路。我前面不是说,我们又看到一条微白的长长的路引到雾里去吗?渺茫,自然,但不必气馁。譬如游山,走过了一段路之后,乘喘息未定的时候,回望来路,白云四合,当然很有意思的。倘再翘首前路,更有青霭流泛,不也增加游兴不少吗?而且,正因为渺茫,却更有味。当我翘首前望的时候,只看到雾海,茫茫一片,不辨山水云树。我们可以任意把想象加到上面。我们可以自己涂上粉红色,彩红色,任意制成各种的梦,各种的幻影,各种的蜃楼。制成以后,随便按上,无不适合。较之回头看时,只见残迹,只见过去的面影,趣味自然不同。这时，我们大概也要充满了欣慰与生力，怡然走上前去。倘若了如指掌，毫发都现，一眼便看到自己的坟墓，无所用其涂色，更无所用其蜃楼，只懒懒地抬起了沉重的腿脚，无可奈何地踱上去，不也大煞风景，生趣全丢吗？

然而，话又要说了回来。——虽然我们可以把未来涂上了彩色，制成了梦，幻影，和蜃楼。一想到，蜿蜒到灰雾里去的长长的路，仍然不过是长长的路，同从雾里蜿蜒出来的并不会有多大的差别，我们不禁又惘然了。我们知道，虽然说不定也有点变化，仍然要看到同样的那一套。真的，我们也只有看到同样的那一套。微微有点不同的，就是次序倒了过来。——我们将先看到到处闪动着的花的红影；以后，再看到苍郁欲滴的浓碧；以后，又看到萧瑟冷寂的黄雾；以后，再看到白皑皑的雪凝结在丫杈着刺着灰的天空的树枝上。中间点缀着的仍然是亮的白天，暗的黑夜。在白天里，我们填满了肚皮。在夜里，我们咧开大嘴打呼。照样地，白天接着黑夜，黑夜接着白天。于是到了一个界石，我们眼前仍然只有那短短的时间的一点亮。脚踏上这个界石的时候，说不定还要回过头来看到现在。现在早笼在灰雾里，埋在记忆里了。我们的心情大概不会同踏在现在的这块界石上回望以前有什么差别吧。看了微白的足迹从现在的脚下通到那时的脚下，微笑浮上心头呢？浮上嘴角呢？惘然呢？漠然呢？看了眼前的幕一点一点地撤去，惊呢？惧呢？喜呢？那就都不得而知了。

于是，通过了一块界石，又看上去，仍然是红影，浓碧，黄雾，白雪。亮的白天，暗的黑夜，一个推着一个，滚成一团，滚上去，像玉盘上的珍珠。终于我们看到些什么呢？灰蒙蒙，然而不新奇。但却又使我们战栗了。——在这微白的长长的路的终点，在雾的深处，谁也说不清是什么地方，有一个充满了威吓的黑洞，在向我们狞笑，那就是我们的归宿。障在我们眼前的幕，到底也不会撤去。我们眼前仍然只有当前一刹那的亮，带了一个大混沌，走进这个黑洞去。

走进这个黑洞去，其实也倒不坏，因为我们可以得到静息。但又不这样简单。中间经过几多花样，经过多长的路才能达到呢？谁知道。当我们还没有达到以前，脚下又正在踏着一块界石的时候，我们命定的只能向前看，或向后看。向后看，灰蒙蒙，不新奇了。向前看，灰蒙蒙，更不新奇了，然而，我们可以做梦。再要问：我们要做什么样的梦呢？谁知道。——一切都交给命运去安排吧。

1934 年 1 月 24 日

赞"代沟"

现在常常听到有人使用"代沟"这个词儿。这个词儿看起来像一个外来语。然而它表达的内容却不限于外国,而是有普遍意义的,中国当然也不能够例外。

青年人怎样议论"代沟",我不清楚。老年人一谈起来,往往流露出十分不满意的神气,有时候甚至有类似"人心不古,世道浇漓"之类的慨叹。这种神气和慨叹我也有过。我现在是一个地地道道的老年人了。老年人的心理状态,我同样也是有的。我们大概都感觉到,在青年人身上有一些东西,我们看着不顺眼;青年人嘴里讲一些话,我们听上去不大顺耳,特别是那一些新造的名词更是特别刺耳。他们的衣着、他们的态度、他们的言谈举动以及接物待人的礼节、他们欣赏的对象和趣味,总之,一切的一切,我们无不觉得不那么顺溜。

脾气好一点的老头摇一摇头，叹一口气，脾气不太好的就难免发发牢骚，成为九斤老太的同党了。

如果说有一条沟的话，那么，我们就站在沟的这一边，那一边站的是年轻人。但是若干年以前，我们也曾在沟的那一边站过，站在这一边的是我们的父母、老师、长辈。不知道从什么时候起，好像是在一夜之间，我们忽然站到这边来了。原来站在这边的人，由于自然规律不可抗御，一个个地让出了位置，走向涅槃，空出来的位置由我们来递补。有如秋后的树木，落叶渐多，枝头渐空，全身都在秋风里，只有日渐凋零了。这一个过程是非常非常微妙的，好像一点痕迹都没有留下，然而它确实是存在的。

站在沟这一边的老人，往往有一些杞忧。过去老人喜欢说一些世风日下之类的话，其尤甚者甚至缅怀什么羲皇盛世。现在这种人比较少了，但是类似这样的感慨还是有的。我在这一方面似乎更敏感。最近几年，我曾数次访问日本。年纪大一点的日本朋友对于中国文化能够理解，能够欣赏，他们感谢中国文化带给日本的好处，感激之情，溢于言表。中国古代的诗词和书画，他们熟悉。他们身上有一股"老"味，让我们觉得很亲切。然而据日本朋友说，现在的年轻人可完全不是这个样子了。中国古代的那一套，他们全不懂，全不买账，他们喝咖啡，吃西餐，一切唯西方马首是瞻。同他们交往，他们身上有一股"新"味，这种"新"味使我觉得颇不舒服。我自己反复琢磨，中日交往垂二千年。到了近代，日本虽然进行了改革，成为世界上头号经济强国，但是在过去还多少有点共同语言。好像在一夜之间，忽然从地里涌出了一代"新人类"，同过去几乎完全割断了纽带联系。同这一群新人打交道，我简直手足无所措。这样下去，我们两国不是越来越疏远吗？为什么几千年没有变，而今天忽然变了呢？我冥思苦想，不得其解。

在中国，我也有这种杞忧。过去，当我站在沟的那一边的时候，我虽然也感到同沟这一边的老年人有点隔阂，但并不认为十分严重；然而到了今天，世界变化空前加速，真正是一天等于二十年，我来到了沟的这一边，顿时觉得沟那一边的年轻人也颇有"新人类"的味道。他们所作所为，很多我都觉得有点难以理解。男女自由恋爱，在封建时期是不允许的；在解放前允许了，但也多半不敢明目张胆。如果男女恋人之间接一个吻，恐怕也要秘密举行。然而今天呢，青年们在光天化日之下，大庭广众之间，公然拥抱接吻，坦然，泰然，甚至还有比这更露骨的举动，我看了确实感到吃惊，又觉得难以理解。我原来自认为脑筋还没有僵化，同九斤老太划清了界限。曾几何时，我也竟成了她的"同路人"，岂不大可异哉！又岂不大可哀哉！

不管从世界范围来看，还是从中国范围来看，代沟自古以来就存在的；任何国家，任何时代，都是不可避免的。然而，根据我个人的感觉,好像是"自古已然,于今为烈",好像任何时候也没有今天这样明显。青年老年之间存在的好像已经不是沟,而是长江大河,其中波涛汹涌,难以逾越,我们两代人有点难以互相理解的势头了。为代沟而杞忧者自古就有,今天也绝不乏人。我也是其中之一,而且还可能是"积极分子"。

说了上面这一些话以后,倘若有人要问:"你对代沟抱什么态度呢?"答曰:"坚决拥护,竭诚赞美!"

试想一想:如果没有代沟,青年人和老年人完全一模一样,人类的进步表现在什么地方呢?再往上回溯一下,如果在猴子中间没有代沟,所有的猴子都只能用四条腿在地上爬行,哪一只也绝不允许站立起来,哪一只也绝不允许使用工具劳动,某一类猴子如何能转变成人呢?从语言方面来讲,如果不允许青年们创造一些新词,我们的语言如何能进步呢?孔老头子说的话如果原封不动地保留到今天,这种情况你能想象吗?如果我们今天的报刊杂志孔老夫子这位圣人都完全能懂,这是可能的吗?人类社会在不停地变化,世界新知识日新月异,如果不允许创造新词儿,那么,语言就不能表达新概念、新事物,语言就失去存在的意义了,这种情况是可取的吗?总之,代沟是不可避免的,而且是十分必要的。它标志着变化,它标志着进步,它标志着社会演化,它标志着人类前进。不管你是否愿意,它总是要存在的,过去存在,现在存在,将来也还要存在。

因此,我赞美代沟,用满腔热忱来赞美代沟。

1987 年 4 月 29 日上海华东师大

论朋友

人类是社会动物,一个人在社会中不可能没有朋友。任何人的一生都是一场搏斗。在这一场搏斗中,如果没有朋友,则形单影只,鲜有不失败者。如果有了朋友,则众志成城,鲜有不胜利者。

因此,在人类几千年的历史上,任何国家,任何社会,没有不重视交友之道的,而中国尤甚。在宗法伦理色彩极强的中国社会中,朋友被尊为五伦之一,曰"朋友有信"。我又记得什么书中说:"朋友,以义合者也。""信""义"含义大概有相通之处。后世多以"义"字来要求朋友关系,比如《三国演义》"桃园三结义"之类就是。

《说文》对"朋"字的解释是:"凤飞,群鸟从以万数,故以为朋党字。""凤"和"朋"大概只有轻唇音重唇音之别。对"友"的解释是"同志为友"。意思非常清楚。中国古代,肯定也有"朋友"二字连用的，比如《孟子》。《论语》"有朋自远方来，不亦说乎"却只用一个"朋"字。不知从什么时候起，"朋友"才经常连用起来。

在中国几千年的历史上，重视友谊的故事不可胜数。最著名的是管鲍之交、钟子期和伯牙的知音的故事，等等，刘、关、张三结义更是有口皆碑。一直到今天，我们还讲究"哥儿们义气"，发展到最高程度，就是"为朋友两肋插刀"。只要不是结党营私，我们是非常重视交朋友的。我们认为，中国古代把朋友归入五伦是有道理的。

我们现在看一看欧洲人对友谊的看法。欧洲典籍数量虽然远远比不上中国，但是，称之为汗牛充栋也是当之无愧的。我没有能力来旁征博引，只能根据我比较熟悉的一部书来引证一些材料，这就是法国著名的《蒙田随笔》。

《蒙田随笔》上卷，第二十八章，是一篇叫作《论友谊》的随笔。其中有几句话：

> 我们喜欢交友胜过其他一切，这可能是我们本性所使然。亚里士多德说，好的立法者对友谊比对公正更关心。

寥寥几句，充分说明西方对友谊之重视。蒙田接着说：

> 自古就有四种友谊：血缘的、社交的、待客的和男女

情爱的。

这使我立即想到，中西对友谊含义的理解是不相同的。根据中国的标准，"血缘的"不属于友谊，而属于亲情。"男女情爱的"也不属于友谊，而属于爱情。对此，蒙田有长篇累牍的解释，我无法一一征引。我只举他对爱情的几句话：

爱情一旦进入友谊阶段，也就是说，进入意愿相投的阶段，它就会衰落和消逝。爱情是以身体的快感为目的，一旦享有了，就不复存在。相反，友谊越被人向往，就越被人享有，友谊只是在获得以后才会升华、增长和发展，因为它是精神上的，心灵会随之净化。

这一段话，很值得我们仔细推敲、品味。

1999年10月26日

论 博 士

中国的博士和西方的博士不一样。

在一些中国人心目中,博士是学术生活的终结,而在西方国家,博士则只是学术研究的开端。

博士这个词儿,中国古代就有。唐代的韩愈就曾当过"国子博士"。这同今天的博士显然是不同的。今天的博士制度是继学士、硕士之后而建立起来的,是地地道道的舶来品。在这里,有人会提意见了:既然源于西方,为什么又同西方不一样呢?

这意见提得有理。但是,中国古代晏子说:"橘生淮南,则为橘;生于淮北,则为枳。"土壤和气候条件一变,则其种亦必随之而变。在中国,除了土壤和气候条件以外,还有思想条件。西洋的博士到了中国,就是由于这个思想条件而变了味的。

在世界各国的历史中，中国封建阶段的历史最长。在长达两千多年的封建社会中，中国的知识分子上进之途只有一条，就是科举制度。这真是千军万马，独木小桥。从考秀才起，有的人历尽八十一难，还未必能从秀才而举人，从举人而进士，从进士而殿试点状元，等等。最有幸运的人才能进入翰林院，往往已达垂暮之年，老夫耄矣。一生志愿满足矣，一个士子的一生可以画句号矣。

自从清末废科举以后，秀才、举人、进士之名已佚，而思想中的形象犹在。一推行西洋的教育制度，出现了小学、中学、大学、研究院等级别，于是就有人来作新旧对比：中学毕业等于秀才，大学毕业等于举人，研究生毕业等于进士，点了翰林等于院士。这两项都隐含着"博士"这一顶桂冠的影子。顺理成章，天衣无缝，新旧相当，如影随形。于是对比者心安理得，胸无凝滞了。如果让我打一个比方的话，我只能拿今天的素斋一定要烹调成鸡鱼鸭肉的形状来相比。隐含在背后的心理状态，实在是耐人寻味的。

君不见在今天的大学中，博士热已经颇为普遍，有的副教授，甚至有的教授，都急起直追，申报在职博士生。是否有向原来是自己的学生而今顿成博导的教授名下申请做博士生的例子，我不敢乱说。反正向比自己晚一辈的顿成博导的教授申请的则是有的，甚至还听说有位教授申请做博士生后自己却被批准为博导。万没有自己做自己的博士生的道理，不知这位教授如何处理这个问题。从前读前代笔记,说清代有一个人,自己的儿子已经成为大学士,当上了会试主考官。他因此不能再参加进士会试,大骂自己的儿子:"这畜生让我戴假乌纱帽!"难道这位教授也会大发牢骚:"批准我为博导让我戴假乌纱帽吗?"

中国眼前这种情况实为老外所难解,即如"老内"如不佞者,最初也迷惑不解。现在,我一旦顿悟:在中国当前社会中,封建思想意识仍极浓厚。在许多人的下意识里,西方传进来的博士的背后隐约闪动着进士和翰林的影子。

1998 年 9 月 19 日

论教授

论了博士论教授。

教授，同博士一样，在中国是"古已有之"的，而今天大学里的教授，都是地地道道的舶来品，恐怕还是从日本转口输入的。

在中国古代，教授似乎只不过是一个芝麻绿豆大的小官。然而，成了舶来品以后，至少是在抗日战争之前，教授却是一个显赫的头衔。虽然没有法子给他定个几品官，然而一些教授却成了大丈夫，能屈能伸。进可以攻，退可以守，身子在北京，眼里看的、心里想的却在南京。有朝一日风雷动，南京一招手，便骑鹤下金陵，当个什么行政院新闻局长，或是什么部的司长之类的官，在清代恐怕抵得上一个三四品官，是"高干"了。一旦失意，仍然回到北京某个大学，教授的宝座还在等他哩。连那些没有这样神通的教授，也是工资待遇优厚，社会地位清高。存在决定意识，于是教授就有了架子，产生了一个专门名词："教授架子"。

日军侵华，衣冠南渡。大批的教授汇集在昆明、重庆。此时，神州板荡，生活维艰。教授们连自己的肚子都填不饱，想尽种种办法，为稻粱谋。社会上没有人瞧得起，连抬滑竿的苦力都敢向教授怒吼："愿你下一辈子仍当教授！"斯文扫地，至此已极。原来的"架子"现在已经没有地方去"摆"了。

建国以后，50年代，工资相对优厚，似乎又有了点摆架子的基础。但是又有人说："知识分子翘尾巴，给他泼一盆凉水！"教授们从此一蹶不振，每况愈下。

20年前，十一届三中全会之后，教授们的工资待遇没有提高，而社会地位则有了改善，教授这一个行当又有点香了起来。从世界的教授制度来看，中国接近美国，数目没有严格限制，非若西欧国家，每个系基本上只有一两个教授。这两个制度孰优孰劣，暂且不谈。在中国，数目一不限制，便逐渐泛滥起来，逐渐膨胀起来，有如通货膨胀，教授膨胀导致贬值。前几年，某一省人民群众在街头巷尾说着一句顺口溜："教授满街走，××多如狗。"教授贬值的情况可见一斑。

现在，在大学中，一登"学途"，则有"不到教授非好汉"之概，于是一马当先，所向无前，目标就是教授。但是，从表面看上去，达到目标就要过五关，其困难难于上青天。可是事实上却正相反，一转瞬间，教授可坐一礼堂矣。其中奥妙，我至今未能参悟。然而，跟着来的当然是教授贬值。这是事物的规律，是无法抗御的。

于是为了提高积极性，有关方面又提出了博士生导师（简称博导）的办法。无奈转瞬之间，博导又盈室盈堂，走上了贬值的道路。令人更担忧的是，连最高学术称号院士这个合唱队里也出现了不协调的音符。如果连院士都贬了值，我们将何去何从？

1998年10月2日

自成人间

论怪论

"怪论"这个名词,人所共知。其所以称之为怪者,一般人都不这样说,而你偏偏这样说,遂成异议可怪之论了。

我却要提倡怪论。

但我也并不永远提倡怪论。

历史的经验告诉我们,一个国家、一个民族,需要不需要怪论,是完全由当时历史环境所决定的。如果强敌压境,外寇入侵,这时只能全民一个声音说话,说的必是"驱逐外寇、还我山河"之类的话,任何别的声音都是不允许的。尤其是汉奸的声音更不能允许。

国家到了承平时期,政通人和,国泰民安,这时候倒是需要一些怪论。如果仍然禁止人们发出怪论,则所谓一个声音者往往是统治者制造出来的,是虚假的。二战期间德国和意大利的法西斯,是最好的证明。

从世界历史上来看，中国的春秋战国时代，怪论最多。有的甚至针锋相对，比如孟子讲性善，荀子讲性恶，是同一个大学派中的内部矛盾。就是这些异彩纷呈的怪论各自沿着自己的路数一代一代地发展下去，成为中华民族文化的渊源和基础。

与此时差不多的是西方的希腊古代文明。在这里也是怪论纷呈，发展下来，成为西方文明的渊源和基础。当时东西文明两大瑰宝，东西相对，交相辉映，共同照亮了人类文明发展的前途。这个现象怎样解释，多少年来，东西学者异说层出，各有独到的见解。我于此道只是略知一二，在这里就不谈了。

怪论有什么用处呢？

某一个怪论至少能够给你提供一个看问题的视角。任何问题都会是极其复杂的，必须从各个视角对它加以研究，加以分析，然后才能求得解决的办法。如果事前不加以足够的调查研究而突然做出决定，其后果实在令人担忧。我们眼前就有这种例子，我在这里不提它了。

现在，我们国家国势日隆，满怀信心向世界大国迈进。在好多年以前，我曾预言,21世纪将是中国的世纪。当时我们的国力并不强。我是根据近几百年来欧美依次显示自己的政治经济力量、科技发展的力量和文化教育的力量而得出的结论。现在轮到我们中国来显示力量了。我预言，50年后，必有更多的事实证实我的看法，谓予不信，请拭目以待。

我希望，社会上能多出些怪论。

2003年6月25日

论包装

我先提一个问题：人类是变得越来越精呢？还是越来越蠢？

答案好像是明摆着的：越来越精。

在几千年有文化的历史上，人类对宇宙，对人世，对生命，对社会，总之对人世间所有的一切，越来越了解得透彻、细致，如犀烛隐，无所不明。例子伸手可得。当年中国人对月亮觉得可爱而又神秘，于是就说有一个美女嫦娥奔入月宫。连苏东坡这个宋朝伟大的诗人，也不禁要问出："明月几时有？把酒问青天。不知天上宫阙，今夕是何年？"可是到了今天，人类已经登上了月球，连月球上的土块也被带到了地球上来。哪里有什么嫦娥？有什么广寒宫？

人类倘不越变越精，能做到这一步吗？

可是我又提出了问题，说明适得其反。例子也是伸手即得，我先举一个包装。

人类在社会上活动，有时候是需要包装的。特别是女士们，在家中穿得朴朴素素，但是一出门，特别是参加什么"派对"（party，借用香港话），则必须打扮得珠光宝气、花枝招展，浑身洒上法国香水，走在大街上，高跟鞋跟敲地作金石声，香气直射十步之外，路人为之"侧目"。这就是包装，而这种包装，我认为是必要的。

可是还有另外一种包装，就是商品的包装。这种包装有时也是必要的，不能一概而论。我从前到香港，买国产的商品，比内地要便宜得多。一问才知道，原因是中国商品有的质量并不次于洋货，只是由于包装不讲究，因而价钱卖不上去。我当时就满怀疑惑，究竟是使用商品呢，还是使用包装？

我因而想到一件事，我们楼上一位老太太到菜市场上去买鸡，说是一定要黄毛的。卖鸡的小贩问老太太："你是吃鸡，还是吃鸡毛？"

到了今天，有一些商品的包装更达到了匪夷所思的地步。外面盒子，或木，或纸，或金属，往往极大，装扮得五彩缤纷，璀璨耀目。摆在货架上时，是庞然大物；提在手中或放在车中，更是运转不灵，左提，右提，横摆，竖摆，都煞费周折；及至拿到或运到家中，打开时也是煞费周折。在庞然大物中，左找，右找，找不到商品究在何处。很希望发现一张纸条上面写着：此处距商品尚有十公里！庶不致使我失去寻找的信心。据我粗略的统计，有的商品在大包装中仅占空间十分之一、二十分之一，甚至五十分之一。我想到那个鸡和鸡毛的故事，我不禁要问：我们使用的是商品，还是包装？而负担那些庞大的包装费用的，羊毛出在羊身上，还是我们这些顾客，而华美绝伦的包装，商品取出后，不过是一堆垃圾。

如果我回答我在开头时提出的问题：人类越变越蠢。你怎样反驳？！

1997 年 8 月 18 日

师生之间

我前后在北京住了二十多年，前一段是当学生，后一段是当老师。一直当到现在，而且看样子还要当下去。因此，如果有人问我，抚今追昔，在北京什么事情使我感触最深，我首先想到的就是师生之间的关系。

师生之间的关系是古老的关系了。在过去，曾把老师归入五伦；又把老师与天、地、君、亲并列，师道尊严可谓至矣尽矣。至于实际情况究竟怎样，余生也晚，没有亲身赶上，不敢乱说。

等到我上小学的时候，学校已经改成了新式的学校，不是从《百家姓》《三字经》念起，而是念人、手、足、刀、尺了。表面上，学生对老师还是很尊敬的。见了面，老远就鞠躬如也，像避猫鼠似的躲在一旁。从来也不给老师提什么意见，那在当时是不可能想象的。

老师对学生是严厉的,"教不严,师之惰",不严还能算是老师吗?结果是学生经常受到体罚,用手拧耳朵,用戒尺打手心,是最常用的方式。学生当然也有受不了的时候。于是,连十二三岁的中小学生也只好铤而走险,起来"革命"了。

我在中小学的时候,曾"革命"两次。一次是对一个图画教员。这人脾气暴烈,伸手就打人。结果我们全班团结一致,把教桌倒翻过来,向他示威。他知难而退,自己辞职不干了。这是一次成功的"革命"。另一次是对一个珠算教员。这人嗜打成性。他有一个规定,打算盘打错一个数打一戒尺。有时候,我们稍不小心就会错上成百的数,那后果就不堪设想了。我们决定全班罢课。可是,因为出了"叛徒",有几个人留在班上上课。我们失败了,每个人的手心被打得肿了好几天。

到了大学,情况也并没有改变。因为究竟是大学生了,再不被打手心。可是老师的威风依然炙手可热。有一位教授专门给学生不及格。每到考试,他先定下一个不及格的指标,不管学生成绩怎样,指标一定要完成。他因此就名扬全校,成了"名教授"了。另一位教授正相反。他考试时预先声明,十题中答五题就及格,多答一题加十分。实际上他根本不看卷子,学生一交卷,他马上打分。无不及格,皆大欢喜。如果有人在他面前多站一会,他立刻就问:"你嫌少吗?"于是大笔一挥,再加十分。

至于教学态度,好像当时根本就没有这样的概念。教学大纲和教案,更是闻所未闻。教授上堂,可以信口开河。谈天气,可以;骂人,可以;讲掌故,可以;扯闲话,可以。总之,他愿意怎样就怎样,天上天下,唯我独尊,谁也管不着。有的老师竟能在课堂上睡着;有的上课一年,不和同学说一句话;有的在八个大学兼课,必须制定一个轮流请假表,才能解决上课冲突的矛盾。当然并不是每一个教授都是这样,勤勤恳恳、诲人不倦的也有。但是这种例子是很少的。

老师这样对待学生,学生当然也这样对待老师。师生不是互相利用,就是互相敌对。老师教书为了吃饭,或者升官发财。学生念书为了文凭。师生关系,说穿了就是这样。

终于来到了 1949 年。这是北京师生关系史上划时代的一年,是值得大书特书的一年。

从这一年起,老师在变,学生在变,师生关系也在变。十四年来,我不知道经历过多少令人赞叹感动的事情。我不知道有多少夜因欢喜而失眠。当我听到我平常很景仰的一位老先生在七十高龄光荣地参加中国共产党的时候,我曾喜极不寐。当我听到从前我的一位十分固执倔强的老师受到表扬的时候,我曾喜极不寐。至于我身边的同事和同学,他们踏踏实实地向着新的方向迈进,日新月异;他们身上的旧东西愈来愈少,新东西愈来愈多。我每次出国,住上一两个月,回来后就觉得自己落后了。才知道,我们祖国,我们的老师和学生,是用着多么快速的步伐前进。

　　现在，老师上课都是根据详细的大纲和教案，这都是事前讨论好的，绝不能信口开河。老师们关心同学的学习，有时候还到同学宿舍里去辅导或者了解情况。备课一直到深夜。每当夜深人静我走过校园的时候，就看到这里那里有不少灯光通明的窗子。我知道，老师们正在查阅文献，翻看字典。要想送给同学一杯水，自己先准备下一桶。老师们谁都不愿提着空桶走上课堂。

　　而学生呢？他们绝大多数都能老师指到哪里，他们做到哪里。他们刻苦学习，认真钻研。我曾在一个黑板报上看到一个学生填的词，其中有两句："松涛声低，读书声高。"描写学生高声朗读外文的情景，是很生动的，也是能反映实际情况的。今天，老师教书不是为了吃饭，更不是为了升官发财。学生念书，也不是为了文凭。师生有一个共同的伟大的目标。他们既是师生，又是同志。这是几千年的历史上从来没有，也不可能有的现象。

　　如果有人对同学们谈到我前面写的情况，他们一定会认为是神话，或是笑话，他们绝不会相信的。说实话，连我自己回想起那些事情来，都有恍如隔世之感，何况他们从来没有经历过呢？然而，这都是事实，而且还不能算是历史上的事实，它们离开今天并不远。抚今追昔，我想到师生之间的关系的变化而感慨万端，不是很自然吗？

想到这些，也是有好处的。它能使我们更爱新中国，更爱新北京，更爱今天。

我要用无限的热情歌颂新北京的老师，我要用无限的热情歌颂新北京的学生。

1963 年 4 月 7 日

思想家与哲学家

我又有了一个怪论,我想把思想家与哲学家区分开来。

一般人大概都认为,我以前也曾朦朦胧胧地认为,所有的哲学家都是思想家。哪里能有没有思想的哲学家呢?

但是,最近一个时期以来,我的想法有了改变。

古今中外的哲学史告诉我们,哲学家们大抵同史学家差不多,想"究天人之际,通古今之变",方式稍有不同。哲学家们探讨的是宇宙的根源,人生的真谛,精神与物质的关系,存在和意识的关系,等等。在这些问题上,他们时有精辟之论,颇能令人心折。但是,一旦他们想把自己的理论捏成一个完整的体系的时候——一般哲学家都是有这种野心的,便显露出捉襟见肘、削足适履的窘态。

我心目中的思想家,却不是这个样子。他们对我在上面谈到的那些问题也可能会有自己的看法。但是，他们绝不硬搞什么体系，绝不搞那一套繁琐的分析。记得有一副旧对联："世事洞明皆学问，人情练达即文章。"我觉得，思想家就是洞明世事、练达人情的人。他们不发玄妙莫测的议论，不写恍兮惚兮的文章，更不幻想捏成什么哲学体系。他们说的话都是中正平和的，人人能懂的。可是让人看了以后，眼睛立即明亮，心头涣然冰释，觉得确实是那么一回事。

空口无凭，试举例以明之。我想举出两个人：一个是已故的陈寅恪先生，一个是健在的王元化先生，都是中国学术界知名的人物。

寅恪先生是史学大师，考据学巨匠。但是，他的考据是与乾嘉诸大师不同的，后者是为考据而考据，而他的考据则是含有义理的，他从来不以哲学家自居。然而他对许多本来应属于哲学范畴的问题的看法却确有独到之处，比如，对"中国文化"，他写道："吾中国文化之定义，见于《白虎通》三纲六纪之说，其意义为抽象理想最高之境，犹希腊柏拉图所谓 Idea 者。"言简意赅，让人看了就懂，非一般专门从事于分析概念的哲学家所能企及。此外，寅恪先生对中国历史研究还有许多人所共知的见解。总之，我认为，寅恪先生不是哲学家，而是思想家。

王元化先生是并世罕见的通儒，他真可以说是学贯中西，古今兼通。他的文章我不敢说是全部都读过，但是读的确实不少。首先让我心悦诚服的是他对五四运动的新看法。五四运动是中国近代史上的一件大事，对它有种种不同的议论和看法，至今仍纷争不休。我自己于无意中也形成了一种看法。但是，读了元化先生论"五四"的文章，我觉得他的看法确实鞭辟入里，高人一筹。他对当前的许多问题都有自己独特的看法，我从中都能得到启发。总之，我认为，元化先生不是哲学家，而是思想家。

我崇拜思想家，对哲学家则不敢赞一辞。

2001 年 10 月 7 日

漫谈消费

蒙组稿者垂青，要我来谈一谈个人消费。这实在不是最佳选择。因为我的个人消费绝无任何典型意义。如果每个人都像我这样，商店几乎都要关门大吉。商店越是高级，我越敬而远之。店里那一大堆五光十色、争奇斗艳的商品，有的人见了简直会垂涎三尺，我却是看到就头痛，而且窃作腹诽：在这些无限华丽的包装内包的究竟是什么货色，只有天晓得。我觉得人们似乎越来越蠢，我们所能享受的东西，不过只占广告费和包装费的一丁点儿，我们是让广告和包装牵着鼻子走的，愧为"万物之灵"。

谈到消费，必须先谈收入。组稿者让我讲个人的情况，而且越具体越好。我就先讲我个人的具体收入情况。我在50年代被评为一级教授，到现在已经40多年了，尚留在世间者已为数不多，可以被视为珍稀动物，通称为"老一级"。

在北京工资区——大概是六区——每月345元。再加上中国科学院哲学社会科学部委员，每月津贴100元。这个数目今天看起来实为微不足道。然而在当时却是一个颇大的数目，十分"不菲"。我举两个具体的例子：吃一次"老莫"（莫斯科餐厅），大约一元五到两元，汤菜俱全，外加黄油面包，还有啤酒一杯。如果吃烤鸭，不过六七块钱一只。其余依次类推。只需同现在的价格一比，其悬殊立即可见。从工资收入方面来看，这是我一生最辉煌的时期之一。这是以后才知道的，"当时只道是寻常"。到了今天，"老一级"的光荣桂冠仍然戴在头上，沉甸甸的，又轻飘飘的，心里说不出是什么滋味。实际情况却是"昔人已乘黄鹤去，此地空余老桂冠"。我很感谢，不知道是哪一位朋友发明了"工薪阶层"这一个词儿。这真不愧是天才的发明。幸乎？不幸乎？我也归入了这一个"工薪阶层"的行列。听有人说，在某一个城市的某大公司里设有"工薪阶层"专柜，专门对付我们这一号人的。如果真正有的话，这也不愧是一个天才的发明，俗话说："识时务者为俊杰。"他们都是不折不扣的"俊杰"。

我这个"老一级"每月究竟能拿多少钱呢？要了解这一点，必须先讲一讲今天的分配制度。现在的分配制度，同50年代相比，有了极大的不同，当年在大学里工作的人主要靠工资生活，不懂什么

"第二职业",也不允许有"第二职业"。谁要这样想,这样做,那就是典型的资产阶级思想,是同无产阶级思想对着干的,是最犯忌讳的。今天却大改其道。学校里颇有一些人有种种形式的"第二职业",甚至"第三职业"。原因十分简单:如果只靠自己的工资,那就生活不下去。以我这个"老一级"为例,账面上的工资我是北大教员中最高的。我每月领到的工资,七扣八扣,拿到手的平均约七百至八百。保姆占掉一半,天然气费、电话费等等,约占掉剩下的四分之一。我实际留在手的只有300元左右,我要用这些钱来付全体在我家吃饭的四个人的饭钱,这些钱连供一个人吃饭都有点捉襟见肘,何况四个人!"老莫"、烤鸭之类,当然可望而不可即。

可是我的生活水平,如果不是提高的话,也绝没有降低。难道我点金有术吗?非也。我也有第×职业,这就是爬格子。格子我已经爬了60多年,渐渐地爬出一些名堂来。时不时地就收到稿费,很多时候,我并不知道是哪一篇文章换来的。外文楼收发室的张师傅说:"季羡林有三多,报刊杂志多,有十几种,都是赠送的;来信多,每天总有五六封,来信者男女老幼都有,大都是不认识的人;汇单多。"我绝非守财奴,但是一见汇款单,则心花怒放。爬格子的劲头更加昂扬起来。我没有作过统计,不知道每月究竟能收到多少钱。反正,对每月手中仅留300元钱的我来说,从来没有感到拮据,反而能大把大把地送给别人或者家乡的学校。我个人的生活水平，确有提高。我对吃，从来没有什么要求。早晨一般是面包或者干馒头，一杯清茶，一碟炒花生米，从来不让人陪我凌晨4点起床，给我做早饭。午晚两餐，素菜为多。我对肉类没有好感。这并不是出于什么宗教信仰，我不是佛教徒，其他教徒也不是。我并不宣扬素食主义。我的舌头也没有生什么病，好吃的东西我是能品尝的。不过我认为，如果一个人成天想吃想喝，仿佛人生的意义与价值就在于吃喝二字。我真觉得无聊，"斯下矣"，食足以果腹，不就够了吗？因此，据小保姆告诉，我们平均四个人的伙食费不过500多元而已。

至于衣着，更不在我考虑之列。在这方面，我是一个"利己主义者"。衣足以蔽体而已，何必追求豪华。一个人穿衣服，是给别人看的。如果一个人穿上十分豪华的衣服，打扮得珠光宝气，天天坐在穿衣镜前，自我欣赏，他（她）不是一个疯子，就是一个傻子。如果只是给别人去看，则观看者的审美能力和审美标准，千差万别，你满足了这一帮人，必然开罪于另一帮人，绝不能使人人都高兴，皆大欢喜。反不如我行我素，我就是这一身打扮，你爱看不看，反正我不能让你指挥我，我是个完全自由自主的人。

因此，我的衣服，多半是穿过十年八年或者更长时间的，多半属于博物馆中的货色。俗话说："人靠衣裳马靠鞍。"以衣取人，自古已然，于今犹然。我到大店里去买东西，难免遭受花枝招展的年轻女售货员的白眼。如果有保卫干部在场，他恐怕会对我多加小心，我会成为他的重点监视对象。好在我基本上不进豪华大商店，这种尴尬局面无从感受。

讲到穿衣服，听说要"赶潮"，就是要赶上时代潮流，每季每年都有流行型式或款式，我对这些都是完全的外行。我有我的老主意：以不变应万变。一身蓝色的卡其布中山装，春、夏、秋、冬，永不变化。所以我的开支项下，根本没有衣服这一项。你别说，我们那一套"三十年河东，三十年河西"的"哲学"，有时对衣着型式也起作用。我曾在解放前的1946年在上海买过一件雨衣，至今仍然穿。有的专家说："你这件雨衣的款式真时髦！"我听了以后，大感不解。经专家指点，原来50多年流行的款式经过了漫长的沧桑岁月，经过了不知道多少变化，现在又在螺旋式上升的规律的指导下，回到了50年前款式。我恭听之余，大为兴奋。我守株待兔，终于守到了。人类在衣着方面的一点小聪明，原来竟如此脆弱！

我在本文一开头就说，在消费方面我绝不是一个典型的代表。看了我自己的叙述，一定会同意我这个说法的。但是，人类社会极其复杂，芸芸众生，有一箪食一瓢饮者；也有食前方丈，一掷千金者。绫罗绸缎、皮尔·卡丹、燕窝鱼翅、生猛海鲜，这样的人当然也会有的。如果全社会都是我这一号的人，则所有的大百货公司都会关张的，那岂不太可怕了吗？所以，我并不提倡大家以我为师，我不敢这样狂妄。不过，话又说了回来，我仍然认为：吃饭穿衣是为了活着，但是活着绝不是为了吃饭穿衣。

原载《东方经济》1997年第4期

自成人间

漫谈出国

当前，在青年中，特别是大学生中，一片出国热颇为流行。已经考过托福或 GRE 的人比比皆是，准备考试者人数更多。在他们心目中，外国，特别是太平洋对岸的那个大国，简直像佛经中描绘的宝渚一样，到处是黄金珠宝，有四时不谢之花，八节长春之草，宛如人间仙境，地上乐园。

遥想六七十年前，当我们这一辈人还在念大学的时候，也流行着一股强烈的出国热。那时出国的道路还不像现在这样宽阔，可能性很小，竞争性极强，这反而更增强了出国热的热度。古人说："凡所难求皆绝好，及能如愿便平常。""难求"是事实，"如愿"则渺茫。如果我们能有"前知五百年，后知五百年"的神通，我们当时真会十分羡慕今天的青年了。

但是，倘若谈到出国的动机，则当时和现在有如天渊之别。我们出国的动机，说得冠冕堂皇一点就是想科学救国；说得坦白直率一点则是出国"镀金"，回国后抢得一只好饭碗而已。我们绝没有幻想使居留证变成绿色，久留不归，异化为外国人。我这话毫无贬义。一个人的国籍并不是不能改变的。说句不好听的话，国籍等于公园的门票，人们在里面玩够了，可以随时走出来的。

但是，请读者注意，我这样说，只有在世界各国的贫富方面都完全等同的情况下，才能体现其真实意义。直白地说就是，人们不是为了寻求更多的福利才改变国籍的。

可是眼前的情况怎样呢？眼前是全世界国家贫富悬殊有如天壤，一个穷国的人民追求到一个富国去落户，难免有追求福利之嫌。到了那里确实比在家里多享些福，但是也难免被人看作第几流公民，嗟来之食的味道有时会极丑恶的。

但是，我不但不反对出国，而是极端赞成。出国看一看，能扩大人们的视野，大有利于自己的学习和工作。可是我坚决反对像俗话所说的那样："牛肉包子打狗，一去不回头。"我一向主张，作为一个人，必须有点骨气。作为一个穷国的人，骨气就表现在要把自己的国家弄好，别人能富，我们为什么就不能呢？如果连点硬骨头都没有，这样的人生岂不大可哀哉！

专就中国而论，我并不悲观。中国人民的爱国主义是根深蒂固的，这都是几千年来的历史环境造成的，不是天上掉下来的。现在中国人出国的极多，即使有的已经取得外国国籍，我相信，他们仍然有一颗中国心。

1998 年 11 月 12 日

第三章
不完满才是人生

人生

在一个"人生漫谈"的专栏（指作者1996年起在上海《新民晚报》副刊"夜光杯"开设的个人专栏）中，首先谈一谈人生，似乎是理所当然的，未可厚非的。

而且我认为，对于我来说，这个题目也并不难写。我已经到了望九之年，在人生中已经滚了八十多个春秋了。一天天面对人生，时时刻刻面对人生，让我这样一个世故老人来谈人生，还有什么困难呢？岂不是易如反掌吗？

但是，稍微进一步一琢磨，立即出了疑问：什么叫人生呢？我并不清楚。

不但我不清楚，我看芸芸众生中也没有哪一个人真清楚。古今中外的哲学家谈人生者众矣。什么人生意义，又是什么人生的价值，花样繁多,扑朔迷离,令人眼花缭乱。然而他们说了些什么呢?恐怕连他们自己也是越谈越糊涂。以己之昏昏,焉能使人昭昭!

哲学家的哲学,至矣高矣。但是,恕我大不敬,他们的哲学同吾辈凡人不搭界,让这些哲学,连同它们的"家",坐在神圣的殿堂里去独现辉煌吧!像我这样一个凡人,吃饱了饭没事儿的时候,有时也会想到人生问题。我觉得,我们"人"的"生",都绝对是被动的。没有哪一个人能先制定一个诞生计划,然后再下生,一步步让计划实现。只有一个人是例外,他就是佛祖释迦牟尼。他住在天上,忽然想降生人寰,超度众生。先考虑要降生的国家,再考虑要降生的父母。考虑周详之后,才从容下降。但他是佛祖,不是吾辈凡人。

吾辈凡人的诞生,无一例外,都是被动的,一点主动也没有。我们糊里糊涂地降生,糊里糊涂地成长,有时也会糊里糊涂地夭折,当然也会糊里糊涂地寿登耄耋,像我这样。

生的对立面是死。对于死,我们也基本上是被动的。我们只有那么一点主动权,那就是自杀。但是,这点主动权却是不能随便使用的。除非万不得已,是绝不能使用的。

我在上面讲了那么些被动,那么些糊里糊涂,是不是我个人真正欣赏这一套,赞扬这一套呢?否,否,我绝不欣赏和赞扬。我只是说了一点实话而已。

正相反,我倒是觉得,我们在被动中,在糊里糊涂中,还是能够有所作为的。我劝人们不妨在吃饱了燕窝鱼翅之后，或者在吃糠咽菜之后，或者在卡拉OK、高尔夫之后，问一问自己：你为什么活着？活着难道就是为了恣睢的享受吗？难道就是为了忍饥受寒吗？问了这些简单的问题之后，会使你头脑清醒一点，会减少一些糊涂。谓予不信，请尝试之。

1996年11月9日

再谈人生

人生这样一个变化莫测的万花筒，用千把字来谈，是谈不清楚的。所以来一个"再谈"。

这一回我想集中谈一下人性的问题。

大家知道，中国哲学史上，有一个不大不小的争论问题：人是性善，还是性恶？这两个提法都源于儒家。孟子主性善，而荀子主性恶。争论了几千年，也没有争论出一个名堂来。

记得鲁迅先生说过："人的本性是，一要生存，二要温饱，三要发展。"（记错了，由我负责）这同中国古代一句有名的话，精神完全是一致的："食色，性也。"食是为了解决生存和温饱的问题，色是为了解决发展问题，也就是所谓传宗接代。

我看，这不仅仅是人的本性，而且是一切动植物的本性。试放眼观看大千世界，林林总总，哪一个动植物不具备上述三个本能？动物姑且不谈，只拿距离人类更远的植物来说，"桃李无言"，它们不但不能行动，连发声也发不出来。然而，它们求生存和发展的欲望，却表现得淋漓尽致。桃李等结甜果子的植物，为什么结甜果子呢？无非是想让人和其他能行动的动物吃了甜果子，把核带到远的或近的其他地方，落到地上，生入土中，能发芽、开花、结果，达到发展，即传宗接代的目的。

你再观察，一棵小草或其他植物，生在石头缝中，或者甚至压在石头块下，缺水少光，但是它们却以令人震惊得目瞪口呆的毅力，冲破了身上的重压，弯弯曲曲地、忍辱负重地长了出来，由细弱变为强硬，由一根细苗甚至变成一棵大树，再作为一个独立体，继续顽强地实现那三种本性。"下自成蹊"，就是"无言"的结果吧。

你还可以观察，世界上任何动植物，如果放纵地任其发挥自己的本性，则在不太长的时间内，哪一种动植物也能长满塞满我们生存的这一个小小的星球——地球。那些已绝种或现在濒临绝种的动植物，属于另一个范畴，另有其原因，我以后还会谈到。

那么，为什么到现在还没有哪一种动植物——包括万物之灵的人类在内——能塞满了地球呢？

在这里，我要引老子的话："天地不仁，以万物为刍狗。"是造化小儿——谁也不知道，他究竟有没有？他究竟是什么样子？我不信

自成人间

什么上帝,什么天老爷,什么大梵天,宇宙间没有他们存在的地方。

但是,冥冥中似乎应该有这一类的东西,是他或它巧妙计算,不让动植物的本性光合得逞。

1996 年 11 月 12 日

三论人生

上一篇《再论》戛然而止,显然没有能把话说完,所以再来一篇《三论》。

造化小儿对禽兽和人类似乎有点区别对待的意思。它给你生存的本能,同时又遏制这种本能,方法或者手法颇多。制造一个对立面似乎就是手法之一,比如制造了老鼠,又制造它的天敌猫。

对于人类,它似乎有点优待。它先赋予人类思想(动物有没有思想和言语是一个有争论的问题),又赋予人类良知良能。关于人类本性,我在上面已经谈到。我不大相信什么良知,什么"恻隐之心,人皆有之";但是我又无从反驳。古人说:"人之所以异于禽兽者几希。""几希"者,极少极少之谓也。即使是极少极少,总还是有的。我个人胡思乱想,我觉得,在对待生物的生存、温饱、发展的本能的态度上，就存在着一点点"几希"。

我们观察，老虎、狮子等猛兽，饿了就要吃别的动物，包括人在内。它们绝没有什么恻隐之心，绝没有什么良知。吃的时候，它们也绝不会像人吃人的时候那样，有时还会捏造一些我必须吃你的道理，做好"思想工作"。它们只是吃开了，吃饱为止。人类则有所不同。人与人当然也不会完全一样。有的人确实能够遏制自己的求生的本能，表现出一定的良知和一定的恻隐之心。古往今来的许多仁人志士，都是这方面的好榜样。他们为什么能为国捐躯？为什么能为了救别人而牺牲自己的性命？鲁迅先生所说的"中国的脊梁"，就是这样的人。孟子所谓的"浩然之气"，只有这样的人能有。禽兽中是绝不会有什么"脊梁"，有什么"浩然之气"的，这就叫作"几希"。

但是人也不能一概而论，有的人能够做到，有的人就做不到。像曹操说："宁教我负天下人，休教天下人负我！"他怎能做到这一步呢？

说到这里，就涉及伦理道德问题。我没有研究过伦理学，不知道怎样给道德下定义。我认为，能为国家，为人民，为他人着想而遏制自己的本性的，就是有道德的人。能够百分之六十为他人着想，百分之四十为自己着想，他就是一个及格的好人。为他人着想的百分比越高越好，道德水平越高。百分之百，所谓"毫不利己、专门利人"的人是绝无仅有。反之,为自己着想而不为他人着想的百分比,越高越坏。到了曹操那样,就算是坏到了顶。毫不利人、专门利己的人,普天之下倒是不老少的。说这话,有点泄气。无奈这是事实,我有什么办法?

1996 年 11 月 13 日

人生的意义与价值

当我还是一个青年大学生的时候，报刊上曾刮起一阵讨论人生的意义与价值的微风，文章写了一些，议论也发表了一通。我看过一些文章，但自己并没有参加进去。原因是，有的文章不知所云，我看不懂。更重要的是，我认为这种讨论本身就无意义，无价值，不如实实在在地干几件事好。

时光流逝，一转眼，自己已经到了望九之年，活得远远超过了我的预算。有人认为长寿是福，我看也不尽然。人活得太久了，对人生的种种相，众生的种种相，看得透透彻彻，反而鼓舞时少，叹息时多。远不如早一点离开人世这个是非之地，落一个耳根清净。

那么，长寿就一点好处都没有吗？也不是的。这对了解人生的意义与价值，会有一些好处的。

根据我个人的观察,对世界上绝大多数人来说,人生一无意义,二无价值。他们也从来不考虑这样的哲学问题。走运时,手里攥满了钞票,白天两顿美食城,晚上一趟卡拉OK,玩一点小权术,耍一点小聪明,甚至恣睢骄横,飞扬跋扈,昏昏沉沉,浑浑噩噩,等到钻入了骨灰盒,也不明白自己为什么活过一生。

其中不走运的则穷困潦倒,终日为衣食奔波,愁眉苦脸,长吁短叹。即使日子还能过得去的,不愁衣食,能够温饱,然而也终日忙忙碌碌,被困于名缰,被缚于利锁。同样是昏昏沉沉,浑浑噩噩,不知道为什么活过一生。

对这样的芸芸众生,人生的意义与价值从何处谈起呢?

我自己也属于芸芸众生之列,也难免浑浑噩噩,并不比任何人高一丝一毫。如果想勉强找一点区别的话,那也是有的:我,当然还有一些别的人,对人生有一些想法,动过一点脑筋,而且自认这些想法是有点道理的。

我有些什么想法呢?话要说得远一点。当今世界上战火纷飞,人欲横流,"黄钟毁弃,瓦釜雷鸣",是一个十分不安定的时代。但是,对于人类的前途,我始终是一个乐观主义者。我相信,不管还要经过多少艰难曲折,不管还要经历多少时间,人类总会越变越好的,人类大同之域绝不会仅仅是一个空洞的理想。但是,想要达到这个目的,必须经过无数代人的共同努力。有如接力赛,每一代人都有自己的一段路程要跑。又如一条链子，是由许多环组成的，每一环从本身来看，只不过是微末不足道的一点东西；但是没有这一点东西，链子就组不成。在人类社会发展的长河中，我们每一代人都有自己的任务，而且是绝非可有可无的。如果说人生有意义与价值的话，其意义与价值就在这里。

但是，这个道理在人类社会中只有少数有识之士才能理解。鲁迅先生所称之"中国的脊梁"，指的就是这种人。对于那些肚子里吃满了肯德基、麦当劳、比萨饼，到头来终不过是浑浑噩噩的人来说，有如夏虫不足以与语冰，这些道理是没法谈的。他们无法理解自己对人类发展所应当承担的责任。

话说到这里，我想把上面说的意思简短扼要地归纳一下：如果人生真有意义与价值的话，其意义与价值就在于对人类发展的承上启下、承前启后的责任感。

1995 年

禅趣人生（《人生絮语》序）

浙江人民出版社的杨女士给我来信，说要编辑一套"禅趣人生"丛书，"内容可包括佛禅与人生的方方面面"。"我们希望通过当代学者对于人生的一种哲学思考，给读者特别是青年读者一些中国传统文化的熏陶，给被大众文化淹溺着的当今读书界、文化界留一小块净土，也为今天人文精神的重建尽一份努力。"无疑，这些都是极其美妙的想法，有意义，有价值，我毫无保留地赞成和拥护。

但是，我却没有立即回信。原因绝不是我倨傲不恭，妄自尊大，而是因为我感到这任务过分重大，我惶恐觳觫，不敢贸然应命。其中还掺杂着一点自知之明和偏见。我生无慧根，对于哲学和义理之类的东西，不感兴趣。特别是禅学，我更感到头痛。少一半是因为我看不懂。我总觉得这一套东西恍兮惚兮，杳冥无迹。禅学家常用

"羚羊挂角，无迹可寻"来作比喻，比喻是生动恰当的，然而困难也即在其中。既然无迹可寻，我们还寻什么呢？庄子所说"得鱼忘筌，得意忘言"，我在这里实在是不知道何所得，又何所忘。古今中外，关于禅学的论著可谓多矣，我也确实读了不少。但是，说一句老实话，我还没有看到任何书、任何人能把"禅"说清楚的。

也许妙就妙在说不清楚。一说清楚，即落言筌。一落言筌，则情趣尽失。这种审美境界和思想境界，西方人是无法理解的，他们对任何东西都要求分析、分析、再分析。而据我个人的看法，分析只是人的思维方式之一，此外还有综合的思维方式，这是我们东方人所特有，至少是所擅长的。我现在正在读苗东升和刘华杰的《混沌学纵横谈》。"混沌学"是一个新兴的但有无限前途的学科。我曾多次劝人们，特别是年轻人，注意"模糊学"和"混沌学"，现在有了这样一本书，我说话也有了根据，而且理直气壮了。我先从这本书里引一段话："以精确的观察、实验和逻辑论证为基本方法的传统科学研究，在进入人的感觉远远无法达到的现象领域之后，遇到了前所未有的困难。因为在这些现象领域中，仅仅靠实验、抽象、逻辑推理来探索自然奥秘的做法行不通了，需要将理性与直觉结合起来。对于认识尺度过小或过大的对象，直觉的顿悟、整体的把握十分重要。"这些想法，我曾有过。我看了这一本书以后，实如空谷足音。对于中国的"禅"，是否也可以从这里"切入"（我也学着使用一个新名词），去理解，去掌握？目前我还说不清楚。

话扯得远了，我还是"书归正传"吧！我在上面基本上谈的是"自知之明"。现在再来谈一谈"偏见"。我的"偏见"主要是针对哲学的，针对"义理"的。我上面已经说过，我对此不感兴趣。我的脑袋呆板，我喜欢摸得着看得见的东西，也就是实实在在的东西。哲学这东西太玄乎，太圆融无碍，宛如天马行空，而且公说公有理，婆说婆有理。今天这样说，有理；明天那样说，又有理。有的哲学家观察宇宙、人生和社会，时有非常深刻、机敏的意见，令我叹服。但是，据说真正的大哲学家必须自成体系。体系不成，必须追求。一旦体系形成，则既不圆融，也不无碍，而是捉襟见肘，削足适履。这一套东西我玩不了。因此，在旧时代三大学科体系义理、辞章、考据中，我偏爱后二者，而不敢碰前者。这全是天分所限，并不是对义理有什么微词。

以上就是我的基本心理状态。

现在杨女士却对我垂青，要我作"哲学思考"，侈谈"禅趣"，我焉得不诚惶诚恐呢？这就是我把来信搁置不答的真正原因。我的如意算盘是，我稍搁置，杨女士担当编辑重任，时间一久，就会把此事忘掉，我就可以逍遥自在了。

然而事实却大出我意料，她不但没有忘掉，而且打来长途电话，直捣黄龙，令我无所逃于天地之间。我有点惭愧，又有点惶恐。但是，心里想的却是：按既定方针办。我连忙解释，说我写惯了考据文章。关于"禅"，我只写过一篇东西，而且是被赶上了架才写的，当然属于"野狐"一类。我对她说了许多话，实际上却是"居心不良"，想推掉了事，还我一个逍遥自在身。

可是我万万没有想到，正当我颇为得意的时候，杨女士的长途电话又来了，而且还是两次。昔者刘先主三顾茅庐，躬请卧龙先生出山，共图霸业。藐予小子，焉敢望卧龙先生项背！三请而仍拒，岂不是太不识相了吗？我痛自谴责，要下决心认真对待此事了。我拟了一个初步选目。过后自己一看，觉得好笑，选的仍然多是考据的东西。我大概已经病入膏肓，脑袋瓜变成了花岗岩，已经快到不可救药的程度了。于是决心改弦更张，又得我多年的助手李铮先生之助，终于选成了现在这个样子。这里面不能说没有涉及禅趣，也不能说没有涉及人生。但是，把这些文章综合起来看，我自己的印象是一碗京海杂烩。可这种东西为什么竟然敢拿出来给人看呢？自己"藏拙"不是更好吗？我的回答是：我在任何文章中讲的都是真话，我不讲半句谎话。而且我已经到了耄耋之年，一生并不是老走阳光大道，独木小桥我也走过不少。因此，酸、甜、苦、辣、悲、欢、离、合，我都尝了个够。发为文章，也许对读者，特别是青年读者，不无帮助。这就是我斗胆拿出来的原因。倘若读者——不管是老中青年——真正能从我在长达八十多年对生活的感悟中学到一点有益的东西，那我就十分满意了。至于杨女士来信中提到的那一些想法或者要求，我能否满足或者满足到什么程度，那就只好请杨女士自己来下判断了。是为序。

1995 年 8 月 15 日于北大燕园

老年四"得"

著名的历史学家周一良教授,在他去世前的一段时间内,在一些公开场合,讲了他的或者他听到的老年健身法门。每一次讲,他都是眉开眼笑、眉飞色舞,十分投入。他讲了四句话:吃得进,拉得出,睡得着,想得开。这话我曾听过几次。我在心里第一个反应是:这有什么好讲的呢?不就是这样子吗?

一良先生不幸逝世以后,迫使我时常想到一些与他有关的事情,以上四句话,四个"得",当然也在其中。我越想越觉得,这四句话确实很平凡。但是,人世间真正的真理不都是平凡的吗?真理蕴藏于平凡中,世事就是如此。

前三句话,就是我们所说的吃喝拉撒睡那一套,是每一个人每天都必须处理的,简直没有什么还值得考虑和研究的价值,但这是年轻人和某一些中年人的看法。当年我在清华大学读书的时候,从来没想到这四个"得"的问题,因为它们不成问题。当时听说一个个子高大的同学患失眠症,我大惊失色。我睡觉总是睡不够的,一个人怎么会失眠呢?失眠对我来说简直像是一个神话。至于吃和拉,更是不在话下。每一顿饭,如果少吃了一点,则不久就感到饿意。二战期间我在德国时,饿得连地球都想吞下去(借用俄国文豪果戈理《巡按使》中的话)。有一次下乡帮助农民摘苹果,得到四五斤土豆,我回家后一顿吃光,幸而没有撑死。怎么能够吃不下呢?直到八十岁,拉对我也从来没有成为问题。

可是,"如今一切都改变"。前三个"得",对我都成问题了。三天两头,总要便秘一次。吃了三黄片或果导,则立即变为腹泻。弄得我束手无策,不知所措。至于吃,我可以说,现在想吃什么就有什么,然而有时却什么也不想吃。偶尔有点饿意,便大喜若狂,昭告身边的朋友们:"我害饿了!"睡眠则多年来靠舒乐安定过日子,不值一提了。

我认为,周一良先生的四"得"的要害是第四个,也就是"想得开"。人,虽自称为"万物之灵",对于其他生物可以任意杀害,也并不总是高兴的。常言道:"不如意事常八九,可与言人无二三。"这两句话对谁都适合。连叱咤风云的君王和大独裁者,以及手持原子弹吓唬别的民族的新法西斯头子,也不会例外。对待这种情况,万应神药只有一味，就是"想得开"。可惜绝大多数人做不到。尤其是我提到的三种人。他们想不开，也根本不想想得开。最后只能成为不齿于人类的狗屎堆。

想不开的事情很多，但统而言之不出名利二字，所谓"名缰利索"者便是。世界上能有几人真正逃得出这个缰和这条索？对于我们知识分子，名缰尤其难逃。逃不出的前车之鉴比比皆是。周一良先生的第四"得"，我们实在应深思。它不但适用于老年人，对中青年人也同样适用。

2002 年 6 月 16 日

糊涂一点，潇洒一点

最近一个时期，经常听到人们的劝告：要糊涂一点，要潇洒一点。

关于第一点糊涂问题，我最近写过一篇短文《难得糊涂》。在这里，我把糊涂分为两种，一个叫真糊涂，一个叫假糊涂。普天之下，绝大多数的人，争名于朝，争利于市。尝到一点小甜头，便喜不自胜，手舞足蹈，心花怒放，忘乎所以；碰到一个小钉子，便忧思焚心，眉头紧皱，前途暗淡，哀叹不已。这种人滔滔者天下皆是也。他们是真糊涂，但并不自觉。他们是幸福的，愉快的。愿老天爷再向他们降福。

至于假糊涂或装糊涂，则以郑板桥的"难得糊涂"最为典型。郑板桥一流的人物是一点也不糊涂的。但是现实的情况又迫使他们非假糊涂或装糊涂不行。他们是痛苦的。我祈祷老天爷赐给他们一点真糊涂。

谈到潇洒一点的问题,首先必须对这个词儿进行一点解释。这个词儿圆融无碍,谁一看就懂,再一追问就糊涂。给这样一个词儿下定义,是超出我的能力的。还是查一下词典好。《现代汉语词典》的解释是:"(神情、举止、风貌等)自然大方,有韵致,不拘束。"看了这个解释,我吓了一跳。什么"神情",什么"风貌",又是什么"韵致",全是些抽象的东西,让人无法把握。这怎么能同我平常理解和使用的"潇洒"挂上钩呢?我是主张模糊语言的,现在就让"潇洒"这个词儿模糊一下吧。我想到中国六朝时代一些当时名士的举动,特别是《世说新语》等书所记载的,比如刘伶的"死便埋我",什么雪夜访戴,等等,应该算是"潇洒"吧。可我立刻又想到,这些名士,表面上潇洒,实际上心中如焚,时时刻刻担心自己的脑袋。有的还终于逃不过去,嵇康就是一个著名的例子。

写到这里,我的思维活动又逼迫我把"潇洒",也像糊涂一样,分为两类:一真一假。六朝人的潇洒是装出来的,因而是假的。

这些事情已经"俱往矣",不大容易了解清楚。我举一个现代的例子。上一个世纪30年代,我在清华读书的时候,一位教授(姑隐其名)总想充当一下名士,潇洒一番。冬天,他穿上锦缎棉袍,下面穿的是锦缎棉裤,用两条彩色丝带把棉裤紧紧地系在腿的下部。头上头发也故意不梳得油光发亮。他就这样飘飘然走进课堂,顾影自怜，大概十分满意。在学生们眼中，他这种矫揉造作的潇洒，却是丑态可掬，辜负了他一番苦心。

同这位教授唱对台戏的——当然不是有意的——是俞平伯先生。有一天，平伯先生把脑袋剃了个精光，高视阔步，昂然从城内的住处出来，走进了清华园。园内几千人中，这是唯一的一个精光的脑袋，见者无不骇怪，指指点点，窃窃私议。而平伯先生则全然置之不理，照样登上讲台，高声朗诵宋代名词，摇头晃脑，怡然自得。朗诵完了，连声高呼："好！好！就是好！"此外再没有别的话说。古人说："是真名士自风流。"同那位教英文的教授一比，谁是真风流，谁是假风流；谁是真潇洒，谁是假潇洒，昭然呈现于光天化日之下。

这一个小例子，并没有什么深文奥义，只不过是想辨真伪而已。

为什么人们提倡糊涂一点，潇洒一点呢？我个人觉得，这能提高人们的和为贵的精神，大大地有利于安定团结。

写到这里，这一篇短文可以说是已经写完了。但是，我还想加上一点我个人的想法。

当前，我国举国上下，争分夺秒，奋发图强，巩固我们的政治，发展我们的经济，以期能在预期的时间内建成名副其实小康社会。哪里容得半点糊涂、半点潇洒！但是，我们中国人一向是按照辩证法的规律行动的。古人说："文武之道，一张一弛。"有张无弛不行，有弛无张也不行。张弛结合,斯乃正道。提倡糊涂一点,潇洒一点,正是为了达到这个目的的。

2002 年 12 月 18 日

成 功

什么叫成功？顺手拿来一本《现代汉语词典》，上面写道："成功：获得预期的结果。"言简意赅，明白之至。

但是，谈到"预期"，则错综复杂，纷纭混乱。人人每时每刻每日每月都有大小不同的预期，有的成功，有的失败，总之是无法界定，也无法分类，我们不去谈它。

我在这里只谈成功，特别是成功之道。这又是一个极大的题目，我却只是小做。积七八十年之经验，我得到了下面这个公式：

天资＋勤奋＋机遇＝成功

"天资"，我本来想用"天才"；但天才是个稀见现象，其中不少是"偏才",所以我弃而不用,改用"天资",大家一看就明白。这个公式实在是过分简单化了,但其中的含义是清楚的。搞得太烦琐,反而不容易说清楚。

谈到天资,首先必须承认,人与人之间天资是不相同的,这是一个事实,谁也否定不掉。到了今天,学术界和文艺界自命天才的人颇不稀见,我除了羡慕这些人"自我感觉过分良好"外,不敢赞一辞。对于自己的天资,我看,还是客观一点好,实事求是一点好。

至于勤奋,一向为古人所赞扬。囊萤、映雪、悬梁、刺股等故事流传了千百年,家喻户晓。韩文公的"焚膏油以继晷,恒兀兀以穷年",更为读书人所向往。如果不勤奋,则天资再高也毫无用处。事理至明,无待饶舌。

谈到机遇,往往为人所忽视。它其实是存在的,而且有时候影响极大。就以我自己为例,如果清华不派我到德国去留学,则我的一生完全不会像现在这个样子。

把成功的三个条件拿来分析一下,天资是由"天"来决定的,我们无能为力。机遇是不期而来的,我们也无能为力。只有勤奋一项完全是我们自己决定的,我们必须在这一项上狠下功夫。在这里,古人的教导也多得很。还是先举韩文公。他说:"业精于勤荒于嬉,行成于思毁于随。"这两句话是大家都熟悉的。

王静安在《人间词话》中说:"古今之成大事业大学问者必经过

三种之境界。'昨夜西风凋碧树，独上高楼，望尽天涯路。'此第一境也。'衣带渐宽终不悔，为伊消得人憔悴。'此第二境也。'众里寻他千百度，蓦然回首，那人却在，灯火阑珊处。'此第三境也。"静安先生第一境写的是预期，第二境写的是勤奋，第三境写的是成功。其中没有写天资和机遇。我不敢说这是他的疏漏，因为写的角度不同。但是，我认为，补上天资与机遇，似更为全面。我希望，大家都能拿出"衣带渐宽终不悔"的精神来从事做学问或干事业，这是成功的必由之路。

2000 年 1 月 7 日

爱情

一

人们常说，爱情是文艺创作的永恒的主题。不同意这个意见的人，恐怕是不多的。爱情同时也是人生不可缺少的东西，即使后来出家当了和尚，与爱情完全"拜拜"，在这之前也曾蹚过爱河，受过爱情的洗礼，有名的例子不必向古代去搜求，近代的苏曼殊和弘一法师就摆在眼前。

可是为什么我写"人生漫谈"已经写了三十多篇，还没有碰爱情这个题目呢？难道爱情在人生中不重要吗？非也。只因它太重要，太普遍，但却又太神秘，太玄乎，我因而不敢去碰它。

中国俗话说："丑媳妇迟早要见公婆的。"我迟早也必须写关于爱情的漫谈的。现在，适逢有一个机会，我正读法国大散文家蒙田的随笔《论友谊》这一篇，里面谈到了爱情。我干脆抄上几段，加以引申发挥，借他人的杯，装自己的酒，以了此一段公案。以后倘有更高更深刻的领悟，还会再写的。

蒙田说：我们不可能将爱情放在友谊的位置上。"我承认，爱情之火更活跃，更激烈，更灼热……但爱情是一种朝三暮四、变化无常的感情，它狂热冲动，时高时低，忽冷忽热，把我们系于一发之上。而友谊是一种普遍和通用的热情。……再者，爱情不过是一种疯狂的欲望，越是躲避的东西越要追求。……爱情一旦进入友谊阶段，也就是说，进入意愿相投的阶段，它就会衰弱和消逝。爱情是以身体的快感为目的，一旦享有了，就不复存在。"

总之，在蒙田眼中，爱情比不上友谊，不是什么好东西。我个人觉得，蒙田的话虽然说得太激烈，太偏颇，太极端，然而我们却不能不承认，它有合理的实事求是的一方面。

根据我个人的观察与思考，我觉得，世人对爱情的态度可以笼统分为两大流派：一派是现实主义，一派是理想主义。蒙田显然属于现实主义，他没有把爱情神秘化、理想化。如果他是一个诗人的话，他也绝不会像一大群理想主义的诗人那样，写出些卿卿我我、鸳鸯蝴蝶，有时候甚至拿肉麻当有趣的诗篇，令普天下的才子佳人们击节赞赏。他干净利落地直言不讳，把爱情说成是"朝三暮四、变化无常的感情"。对某一些高人雅士来说,这实在有点大煞风景,仿佛在佛头上着粪一样。

我不才,窃自附于现实主义一派。我与蒙田也有不同之处:我认为,在爱情的某一个阶段上,可能有纯真之处,否则就无法解释,据说日本青年恋人在相爱达到最高潮时有的就双双跳入火山口中,让他们的爱情永垂不朽。

二

像这样的情况,在日本恐怕也是极少极少的。在别的国家,则未闻之也。

当然,在别的国家也并不缺少歌颂纯真爱情的诗篇、戏剧、小说,以及民间传说。莎士比亚的《罗密欧与朱丽叶》,中国的梁山伯与祝英台是世所周知的。谁能怀疑这种爱情的纯真呢?专就中国来说,民间类似梁祝爱情的传说,还能够举出不少来。至于"誓死不嫁"和"誓死不娶"的真实的故事,则所在多有。这样一来,爱情似乎真同蒙田的说法完全相违,纯真圣洁得不得了啦。

我在这里想分析一个有名的爱情的案例,这就是杨贵妃和唐玄宗的爱情故事。这是一个古今艳称的故事。唐代大诗人白居易的《长恨歌》歌颂的就是这一件事。你看,唐玄宗失掉了杨贵妃以后,他是多么想念,多么情深:"夕殿萤飞思悄然,孤灯挑尽未成眠。"这一首歌最后两句诗是:"天长地久有时尽,此恨绵绵无绝期。"写得多么动人心魄,多么令人同情,好像他们两人之间的爱情真正纯真到了无以复加的程度。但是,常识告诉我们,爱情是有排他性的,真正的爱情不容有一个第三者。可是唐玄宗怎样呢?"后宫佳丽三千人",小老婆真够多的。即使是"三千宠爱在一身",这"在一身"能可靠吗?白居易以唐代臣子,竟敢乱谈天子宫闱中事,这在明清是绝对办不到的。这先不去说它,白居易真正头脑简单到相信这爱情是纯真的才加以歌颂吗?抑或另有别的原因?

这些封建的爱情"俱往矣",今天我们怎样对待爱情呢?我明人不说暗话,我是颇有点同意蒙田的意见的。中国古人说:"食色,性也。"爱情,特别是结婚,总是同"色"相联系的。家喻户晓的《西厢记》歌颂张生和莺莺的爱情,高潮竟是一幕"酬简",也就是"以身相许"。个中消息,很值得我们参悟。

我们今天的青年怎样对待爱情呢?这我有点不大清楚,也没有什么青年人来同我这望九之年的老古董谈这类事情。据我所见所闻,那一套封建的东西早为今天的青年所扬弃。如果真有人想向我这爱情的盲人问道的话,我也可以把我的看法告诉他们的。如果一个人不想终生独身的话,他必须谈恋爱以至结婚,这是"人间正道"。但是千万别浪费过多的时间,终日卿卿我我,闹得神魂颠倒,处心积虑,不时闹点小别扭,学习不好,工作难成,最终还可能是"竹篮子打水一场空"。这真是何苦来!我并不提倡两人"一见倾心",立即办理结婚手续。我觉得,两个人必须有一个互相了解的过程。这过程不必过长,短则半年,多则一年。余出来的时间应当用到刀刃上,搞点事业,为了个人,为了家庭,为了国家,为了世界。

三

已经写了两篇关于爱情的短文,但觉得仍然是言犹未尽,现在再补写一篇。像爱情这样平凡而又神秘的东西,这样一种社会现象或心理活动,即使再将篇幅扩大十倍,二十倍,一百倍,也是写不完的。补写此篇,不过聊补前两篇的一点疏漏而已。

在旧社会实行"父母之命,媒妁之言"的办法,男女青年不必伤任何脑筋,就入了洞房。我们可以说,结婚是爱情的开始。但是,不要忘记,也有"绿叶成荫子满枝"而终不知爱情为何物的例子,而且数目还不算太少。到了现代,实行自由恋爱了,有的时候竟成了结婚是爱情的结束。西方和当前的中国,离婚率颇为可观,就是一个具体的例证。据说,有的天主教国家教会禁止离婚。但是,不离婚并不等于爱情能继续,只不过是外表上合而不离,实际上则各寻所欢而已。

爱情既然这样神秘，相爱和结婚的机遇——用一个哲学的术语就是偶然性——又极其奇怪，极其突然，绝非我们个人所能掌握的。在困惑之余，东西方的哲人俊士束手无策，还是老百姓有办法，他们乞灵于神话。

一讲到神话，据我个人的思考，就有中外之分。西方人创造了一个爱情，叫作Jupiter或Cupid，是一个手持弓箭的童子，他的箭射中了谁，谁就坠入爱河。印度古代文化毕竟与欧洲古希腊、罗马有缘，他们也创造了一个叫做Kāmaolliva的爱神，也是手持弓箭，被射中者立即相爱，绝不敢有违。这个神话当然是同一来源，此不见论。

在中国，我们没有"爱神"的信仰，我们另有办法。我们创造了一个月老，他手中拿着一条红线，谁被红线拴住，不管是相距多么远，天涯海角，恍若比邻，两人必然走到一起，相爱结婚。从前西湖有一座月老祠，有一副对联是天下闻名的："愿天下有情人都成了眷属，是前生注定事莫错过姻缘。"多么质朴，多么有人情味！只有对某些人来说，"前生"和"姻缘"显得有点渺茫和神秘。可是，如果每一对夫妇都回想一下你们当初相爱和结婚的过程的话，你能否定月老祠的这一副对联吗？

我自己对这副对联是无法否认的，但又找不到"科学根据"。我倒是想忠告今天的年轻人，不妨相信一下。我对现在西方和中国青

自成人间

年人的相爱和结婚的方式，无权说三道四，只是觉得不大能接受。我自知年已望九，早已属于博物馆中的人物。我力避发九斤老太之牢骚，但有时又如骨鲠在喉，不得不一吐为快耳。

1997 年 11 月 22 日

八十述怀

我从来没有想到,我能活到八十岁;如今竟然活到了八十岁,然而又一点也没有八十岁的感觉。岂非咄咄怪事!

我向无大志,包括自己活的年龄在内。我的父母都没能活过五十,因此,我自己的原定计划是活到五十。这样已经超过了父母,很不错了。不知怎么一来,宛如一场春梦,我活到了五十岁。那时正值三年自然灾害。我流年不利,颇挨了一阵子饿。但是,我是"曾经沧海难为水",在二次世界大战时,我正在德国,我经受了而今难以想象的饥饿的考验,以致失去了饱的感觉。我们那一点灾害,同德国比起来,真如小巫见大巫。我从而顺利地度过了那一场灾难,而且我当时的精神面貌是我一生最好的时期,一点苦也没有感觉到,于不知不觉中冲破了我原定的年龄计划,度过了五十岁大关。

五十一过，又仿佛一场春梦似的，一下子就到了古稀之年，不容我反思，不容我踟蹰。其间跨越了一个"十年浩劫"。我当然是在劫难逃。我一生写作翻译的高潮，恰恰出现在这期间。原因并不神秘：我获得了余裕和时间。二百多万字的印度大史诗《罗摩衍那》，就是在这时候译完的。"雪夜闭门写禁文"，自谓此乐不减羲皇上人。

又仿佛是一场缥缈的春梦，一下子就活到了今天，行年八十矣，是古人称之为的耄耋之年了。倒退二三十年，我这个在寿命上胸无大志的人，偶尔也想到耄耋之年的情况：手拄拐杖，白须飘胸，步履维艰，老态龙钟。自谓这种事情与自己无关，所以想得不深也不多。哪里知道，自己今天就到了这个年龄了。今天是新年元旦。从夜里零时起，自己已是不折不扣的八十老翁了。然而这老景却真如古人诗中所说的"青霭入看无"，我看不到什么老景。看一看自己的身体，平平常常，同过去一样。看一看周围的环境，平平常常，同过去一样。金色的朝阳从窗子里流了进来，平平常常，同过去一样。楼前的白杨，确实粗了一点，但看上去也是平平常常，同过去一样。时令正是冬天，叶子落尽了，但是我相信，它们正蜷缩在土里，做着春天的梦。水塘里的荷花只剩下残叶，"留得残荷听雨声"，现在雨没有了，上面只有白皑皑的残雪。我相信，荷花们也蜷缩在淤泥中，做着春天的梦。总之，我还是我，依然故我；周围的一切也依然是过去的一切……

我是不是也在做着春天的梦呢？我想，是的。我现在也处在严寒中，我也梦着春天的到来。我相信英国诗人雪莱的两句话："既然冬天已经到了，春天还会远吗？"我梦着楼前的白杨重新长出了浓密的绿叶，我梦着池塘里的荷花重新冒出了淡绿的大叶子，我梦着春天又回到了大地上。

可是我万万没有想到，"八十"这个数字竟有这样大的威力，一种神秘的威力。"自己已经八十岁了！"我吃惊地暗自思忖。它逼迫着我向前看一看，又回头看一看。向前看，灰蒙蒙的一团，路不清楚，但也不是很长。确实没有什么好看的地方，不看也罢。

而回头看呢，则在灰蒙蒙的一团中，清晰地看到了一条路，路极长，是我一步一步地走过来的，这条路的顶端是在清平县的官庄。我看到了一片灰黄的土房，中间闪着苇塘里的水光，还有我大奶奶和母亲的面影。这条路延伸出去，我看到了泉城的大明湖。这条路又延伸出去，我看到了水木清华，接着又看到德国小城哥廷根斑斓的秋色，上面飘动着我那母亲似的女房东和祖父似的老教授的面影。路陡然又从万里之外折回到神州大地，我看到了红楼，看到了燕园的湖光塔影。令人泄气而且大煞风景的是，我竟又看到了牛棚的牢头禁子那一副牛头马面似的狞恶的面孔。再看下去，路就缩住了，一直缩到我的脚下。

在这一条十分漫长的路上，我走过阳关大道，也走过独木小桥。路旁有深山大泽，也有平坡宜人；有杏花春雨，也有塞北秋风；有山重水复，也有柳暗花明；有迷途知返，也有绝处逢生。路太长了，时间太长了，影子太多了，回忆太重了。我真正感觉到，我负担不了，也忍受不了，我想摆脱掉这一切，还我一个自由自在身。

回头看既然这样沉重，能不能向前看呢？我上面已经说到，向前看，路不是很长，没有什么好看的地方。我现在正像鲁迅的散文诗《过客》中的那一个过客。他不知道是从什么地方走来的，终于走到了老翁和小女孩的土屋前面，讨了点水喝。老翁看他已经疲惫不堪，劝他休息一下。他说："从我还能记得的时候起，我就在这么走，要走到一个地方去，这地方就在前面。我单记得走了许多路，现在来到这里了。我接着就要走向那边去……况且还有声音在前面催促我，叫唤我，使我息不下。"那边，西边是什么地方呢？老人说："前面，是坟。"小女孩说："不，不，不的。那里有许多野百合、野蔷薇，我常常去玩，去看他们的。"

我理解这个过客的心情，我自己也是一个过客。但是却从来没有什么声音催着我走，而是同世界上任何人一样，我是非走不行的，不用催促，也是非走不行的。走到什么地方去呢？走到西边的坟那里，这是一切人的归宿。我记得屠格涅夫的一首散文诗里，也讲了这个意思。我并不怕坟，只是在走了这么长的路以后，我真想停下来休息片刻。然而我不能，不管你愿意不愿意，反正是非走不行。聊以自慰的是，我同那个老翁还不一样，有的地方颇像那个小女孩，我既看到了坟,也看到野百合和野蔷薇。

我面前还有多少路呢?我说不出,也没有仔细想过。冯友兰先生说:"何止于米?相期以茶。""米"是八十八岁,"茶"是一百零八岁。我没有这样的雄心壮志。我是"相期以米"。这算不算是立大志呢?我是没有大志的人,我觉得这已经算是大志了。

我从前对穷通寿夭也是颇有一些想法的。后来,我成了陶渊明的志同道合者。他的一首诗,我很欣赏:

纵浪大化中,

不喜亦不惧。

应尽便须尽,

无复独多虑。

我现在就是抱着这种精神,昂然走上前去。只要有可能,我一定做一些对别人有益的事,决不想成为行尸走肉。我知道,未来的路也不会比过去的更笔直,更平坦。但是我并不恐惧。我眼前还闪动着野百合和野蔷薇的影子。

1991年1月1日

千禧感言

稚珊来信，要我写一篇关于世纪转换的文章。这样的要求，最近一个时期以来，我已经接到过不知多少次了，电台、报纸、杂志等，都曾对我提出过这样的要求。但是，我都一一谢绝了。原因不是由于这样的文章难写，恰恰相反，这样的太容易写，只须写上几句大话和套话，再加上几句假话，不费吹灰之力，一篇文章就完成了。这样的文章，除了浪费纸张和人们的时间以外，一点效果也不会有。

但是，稚珊的要求我没加考虑就立即应允了。原因是，《群言》是一份比较敢讲一点真话的杂志，而我又与《群言》有多年的友谊。为《群言》写点什么，是我的光荣，也是我的义务。我也想通过我写的东西多少能够反映出像我这样平民老百姓的心声，对我们的领导机关会有益处的。我写的东西，不会有套话、大话，至于真话是否全都讲了出来，那倒不敢说。我只能保证，我讲的全是真话。

旧日每逢新年，总有贴新门联的习惯，门联辞藻美而丰富，最常用的是"一元复始，万象更新"。对仗工整，含义深刻。但是，汉语是一种模糊性很强的语言，我们使用这种语言的人，往往习以为常，不去推敲。即如上面这两句话，说的是具体情况呢，还仅仅是希望？我个人的语感是，这仅仅是希望。一元虽已复始，眼前万象还未必就能更新。我现在要说：世纪——甚至千纪——复始，万象更新，也绝不是说，2000年的第一天同1999年的最后一天，其间会有天大的变化。就以常识而论，那也是绝不可能的，这不过是表示我的愿望而已。21世纪的特点是一定出现的，不过绝不会一蹴而就。

我对21世纪究竟有什么希望呢？

先从大的讲起。首先，我希望世界和平，民族团结。但是，我自己立即否定了这个希望，这是根本办不到的。眼前的世界大国，特别是那一个唯一的超级大国，一点也没有接受20世纪两次世界大战的惨痛教训，仍然自我感觉十分良好，颐指气使，横行霸道，以世界警察自居。我希望，我们中国人民不要为巧言花语所迷惑，奋发图强，加强团结，随时保留一点忧患意识，准备对付一切可能发生的外来的侵略，保卫我们的祖国。

其次是对我们国家的希望。改革开放确实给我们国家带来了翻天覆地的变化，经济繁荣，政局安定，人民生活有了提高。总起来看，确有一个安定团结的局面。但这仅仅是一面,也不是没有令人担忧的一面。我不懂经济,但是我从《参考消息》上看到一则外国评论中国经济的报道,其中讲到中国国有经济在某一些方面给中国带来了一些麻烦,详情我不清楚,不敢妄加评论。但是,《参考消息》敢于刊登,其中必有依据,我们的最高领导班子对这个问题是十分清楚的,也正在采取措施。我希望这个问题能够尽早地、尽善尽美地得到解决。

从人类生存的前途来看,多少年来,我就提出了一个看法:西方自产业革命以后,恶性膨胀逐渐形成的对大自然诛求无餍的要求,也就是所谓"征服自然"的做法,现在已经产生了严重的后果。现在全世界各国政府都对环保问题异常重视。但是,却没有什么人追究造成这种现象的根源。我认为,这是一种缺少远见卓识的表现。我一向主张,中国的,同时也是东方的"天人合一"的思想,也就是人类要与大自然为友、不要为敌的思想,能济西方思想之穷。我这种想法,反对的人有,赞成的人也有。我则深信不疑。我希望,21世纪走到某一个阶段时,人类文化会在融合的基础上突出东方文化的作用,明辨而又笃行之。

还有一件让我忧心忡忡的事,这就是中国公民中某一些人素质不高,道德滑坡的现象。谁也无法否认,中华民族是一个伟大的民族。但是,在伟大的后面也确有不够伟大的地方,对此熟视无睹是有害无益的。例子用不着多举，我只举一个随地吐痰的坏习惯。这样做是一切文明国家所没有的，然而在中国却是司空见惯，屡禁不止。前不久，中国庆祝建国五十年的喜事，北京市政府和各界人士，费了九牛二虎之力，把北京打扮得花团锦簇，净无纤尘，谁看了谁爱。然而，曾几何时，国庆后不到一个月，许多地方又故态复萌，花坛和草地遭到破坏践踏，烟头随处乱丢，随地吐痰也不稀见。还有一些破坏公共设施的现象，连风光旖旎的燕园内也不例外。这种破坏对肇事者本人一点好处也没有，对群众则带来莫大的不方便。我真不了解，这些人是何居心。这样的人，如果只有几个，则世界任何文明国家都难以避免。可惜竟不是这样子，看来人数并不太少。这一批害群之马，实在配不上是伟大民族的一部分。救之方法何在？我觉得，过去主要靠说教，事实证明，用处不大。我认为，必须加以严惩。捉到你一次，罚得你长久不能翻身。只有这样才能奏效，新加坡就是一个例子。在此万象更新之际，我希望在21世纪某一个时候，这种现象能够绝迹，至少是能够减少。伟大的中华民族真正能显出伟大的本色，岂不猗欤休哉！

我在20世纪，有"世纪老人"之称。到了21世纪，绝不可能再成为"世纪老人"了。但是，我对21世纪却不知道有多少希望，凡是20世纪没有能够做到的事情，我都寄希望于21世纪。希望太多，只能举出上面说到的几个，以概其余。在世纪之初，本来是应该多说一些吉利话的。但是，我在上面已经声明过，我不说大话，不说假话。我认为，那样做，既对不起《群言》，也对不起全国人民。其实我说的话，不管听起来多么不顺耳，里面却有大吉大利的内涵。如果把那些弊端除掉，不就是大吉大利了吗？我真希望，大吉大利能降临我国；我真希望，国泰民安；我真希望，人民的素质越来越提高；我真希望，人民越过越幸福；我真希望，我国能成为一个名副其实的经济文化大国，巍然立于全世界民族之林中。

1999 年 11 月 1 日

不完满才是人生

每个人都争取一个完满的人生。然而，自古及今，海内海外，一个百分之百完满的人生是没有的。所以我说，不完满才是人生。

关于这一点，古今的民间谚语，文人诗句，说到的很多很多。最常见的比如苏东坡的词："人有悲欢离合，月有阴晴圆缺，此事古难全。"南宋方岳（根据吴小如先生考证）诗句："不如意事常八九，可与人言无二三。"这都是我们时常引用的，脍炙人口的。类似的例子还能够举出成百上千来。

这种说法适用于一切人，旧社会的皇帝老爷子也包括在里面。他们君临天下，"率土之滨，莫非王土"，可以为所欲为，杀人灭族，小事一端，按理说，他们不应该有什么不如意的事。然而，实际上，王位继承，宫廷斗争，比民间残酷万倍。他们威仪俨然地坐在宝座上，如坐针毡。虽然捏造了"龙御上宾"这种神话，他们自己也并不相信。他们想方设法以求得长生不老，他们最怕"一旦魂断，宫车晚出"。连英主如汉武帝、唐太宗之辈也不能"免俗"。汉武帝造承露金盘，妄想饮仙露以长生；唐太宗服印度婆罗门的灵药，期望借此以不死。结果，事与愿违，仍然是"龙御上宾"呜呼哀哉了。

在这些皇帝手下的大臣们，"一人之下，万人之上"，权力极大，骄纵恣肆，贪赃枉法，无所不至。在这一类人中，好东西大概极少，否则包公和海瑞等绝不会流芳千古、久垂宇宙了。可这些人到了皇帝跟前，只是一个奴才，常言道：伴君如伴虎，可见他们的日子并不好过。据说明朝的大臣上朝时在笏板上夹带一点鹤顶红，一旦皇恩浩荡，钦赐极刑，连忙用舌尖舔一点鹤顶红，立即涅槃，落得一个全尸。可见这一批人的日子也并不好过，谈不到什么完满的人生。

至于我辈平头老百姓，日子就更难过了。建国前后，不能说没有区别，可是一直到今天，仍然是"不如意事常八九"。早晨在早市上被小贩"宰"了一刀；在公共汽车上被扒手割了包，踩了人一下，或者被人踩了一下，根本不会说"对不起"了，代之以对骂，或者甚至演出全武行；到了商店，难免买到假冒伪劣的商品，又得生一肚子气。谁能说，我们的人生多是完满的呢？

再说到我们这一批手无缚鸡之力的知识分子，在历史上一生中就难得过上几天好日子。只一个"考"字，就能让你谈"考"色变。

"考"者，考试也。在旧社会科举时代，"千军万马独木桥"，要上进，只有科举一途，你只需读一读吴敬梓的《儒林外史》，就能淋漓尽致地了解到科举的情况。以周进和范进为代表的那一批举人进士，其窘态难道还不能让你胆战心惊、啼笑皆非吗？

现在我们运气好，得生于新社会中。然而那一个"考"字，宛如如来佛的手掌，你别想逃脱得了。幼儿园升小学，考；小学升初中，考；初中升高中，考；高中升大学，考；大学毕业想当硕士，考；硕士想当博士，考。考，考，考，变成烤，烤，烤，一直到知命之年，厄运仍然难免，现代知识分子落到这一张密而不漏的天网中，无所逃于天地之间，我们的人生还谈什么完满呢？

灾难并不限于知识分子，"人人有一本难念的经"，所以我说"不完满才是人生"。这是一个"平凡的真理"，但是真能了解其中的意义，对己对人都有好处。对己，可以不烦不躁；对人，可以互相谅解。这会大大地有利于整个社会的安定团结。

1998 年 8 月 20 日

第四章
遍历山河,人间值得

遍历山河，人间值得

忘

　　记得曾在什么地方听过一个笑话：一个人善忘。一天，他到野外去出恭。任务完成后，却找不到自己的腰带了。出了一身汗，好歹找到了，大喜过望，说道："今天运气真不错，平白无故地捡了一条腰带！"一转身，不小心，脚踩到了自己刚才拉出来的屎堆上。于是勃然大怒："这是哪一条混账狗在这里拉了一泡屎？"

　　这本来是一个笑话，在我们现实生活中，未必会有的。但是，人一老，就容易忘事糊涂，却是经常见到的事。

　　我认识一位著名的画家，本来是并不糊涂的。但是，年过八旬以后，却慢慢地忘事糊涂起来。我们将近半个世纪以前就认识了，颇能谈得来，而且平常也还是有些接触的。然而，最近几年来，每次见面，他把我的尊姓大名完全忘了。从眼镜后面流出来的淳朴宽厚的目光,落到我的脸上,其中饱含着疑惑的神气。我连忙说:"我是季羡林,是北京大学的。"他点头称是。但是,过了没有五分钟,他又问我:"你是谁呀!"我敬谨回答如上。在每一次会面中,尽管时间不长,这样尴尬的局面总会出现几次。我心里想:老友确是老了!

有一年,我们邂逅在香港。一位有名的企业家设盛筵,宴嘉宾。香港著名的人物参加者为数颇多,比如饶宗颐、邵逸夫、杨振宁等先生都在其中。宽敞典雅、雍容华贵的宴会厅里,一时珠光宝气,璀璨生辉,可谓极一时之盛。至于菜肴之精美,服务之周到,自然更不在话下了。我同这一位画家老友都是主宾,被安排在主人座旁。但是正当觥筹交错、逸兴遄飞之际,他忽然站了起来,转身要走,他大概认为宴会已经结束,到了拜拜的时候了。众人愕然,他夫人深知内情,赶快起身,把他拦住,又拉回到座位上,避免了一场尴尬的局面。

前几年,中国敦煌吐鲁番学会在富丽堂皇的北京图书馆的大报告厅里举行年会。我这位画家老友是敦煌学界的元老之一,获得了普遍的尊敬。按照中国现行的礼节,必须请他上主席台并且讲话。但是,这却带来了困难。像许多老年人一样,他脑袋里刹车的部件似乎老化失灵。一说话,往往像开汽车一样,刹不住车,说个不停,没完没了。会议是有时间限制的,听众的忍耐也绝非无限。在这危难之际，我同他的夫人商议，由她写一个简短的发言稿，往他口袋里一塞，叮嘱他念完就算完事，不悖行礼如仪的常规。然而他一开口讲话，稿子之事早已忘入九霄云外。看样子是打算从盘古开天辟地讲起。照这样下去，讲上几千年，也讲不到今天的会。到了听众都变成了化石的时候，他也许才讲到春秋战国！我心里急如热锅上的蚂蚁，忽然想到：按既定方针办。我请他的夫人上台，从他的口袋掏出了讲稿，耳语了几句。他恍然大悟，点头称是，把讲稿念完，回到原来的座位。于是一场惊险才化险为夷，皆大欢喜。

我比这位老友小六七岁。有人赞我耳聪目明，实际上是耳欠聪，目欠明。如人饮水，冷暖自知，其中滋味，实不足为外人道也。但是，我脑袋里的刹车部件，虽然老化，尚可使用。再加上我有点自知之明，我的新座右铭是：老年之人，刹车失灵，戒之在说。一向奉行不违，还没有碰到下不了台的窘境。在潜意识中颇有点沾沾自喜了。

然而我的记忆机构也逐渐出现了问题。虽然还没有达到画家老友那样"神品"的水平，也已颇有可观。在这方面，我是独辟蹊径，创立了有季羡林特色的"忘"的学派。

我一向对自己的记忆力，特别是形象的记忆，是颇有一点自信的。四五十年前，甚至六七十年前的一个眼神、一个手势，至今记忆犹新，召之即来，显现在眼前、耳旁，如见其形，如闻其声，移到纸上，即成文章。可是，最近几年以来，古旧的记忆尚能保存，对眼前非常熟的人，见面时往往忘记了他的姓名。在第一瞥中，他的名字似乎就在嘴边、舌上。然而一转瞬间，不到十分之一秒，这个呼之欲出的姓名，就蓦地隐藏了起来，再也说不出了。说不出，也就算了，这无关宇宙大事，国家大事，甚至个人大事，完全可以置之不理的。而且脑袋里像电灯似的断了的保险丝，还会接上的。些许小事，何必介意？然而不行，它成了我的一块心病。我像着了魔似的，走路，看书，吃饭，睡觉，只要思路一转，立即想起此事。好像是如果想不出来，自己就无法活下去，地球就停止了转动。我从字形上追忆，没有结果；我从发音上追忆，结果杳然。最怕半夜里醒来，本来睡得香香甜甜，如果没有干扰，保证一夜幸福。然而，像电光石火一闪，名字问题又浮现出来。古人常说的平旦之气，是非常美妙的，然而此时却美妙不起来了。我辗转反侧，瞪着眼一直瞪到天亮。其苦味实不足为外人道也。但是，不知道是哪一位神灵保佑，脑袋又像电光石火似的忽然一闪，他的姓名一下子出现了。古人形容快乐常说"洞房花烛夜，金榜题名时"，差可同我此时的心情相比。

这样小小的悲喜剧，一出刚完，又会来第二出，有时候对于同一个人的姓名，竟会上演两出这样的戏，而且出现的频率还是越来越多。自己不得不承认，自己确实是老了。郑板桥说："难得糊涂。"对我来说，并不难得，我于无意中得之，岂不快哉！

然而忘事糊涂就一点好处都没有吗?

我认为,有的,而且很大。自己年纪越来越老,对于"忘"的评价却越来越高,高到了宗教信仰和哲学思辨的水平。苏东坡的词说:"人有悲欢离合,月有阴晴圆缺,此事古难全。"他是把悲和欢、离和合并提。然而古人说:不如意事常八九。这是深有体会之言。悲总是多于欢,离总是多于合,几乎每个人都是这样。如果造物主——如果真有的话——不赋予人类以"忘"的本领——我宁愿称之为本能——那么,我们人类在这么多的悲和离的重压下,能够活下去吗?我常常暗自胡思乱想:造物主这玩意儿(用《水浒》的词儿,应该说是"这话儿")真是非常有意思。他(她?它?)既严肃,又油滑;既慈悲,又残忍。老子说:"天地不仁,以万物为刍狗。"这话真说到了点子上。人生下来,既能得到一点乐趣,又必须忍受大量的痛苦,后者所占的比重要多得多。如果不能"忘",或者没有"忘"这个本能,那么痛苦就会时时刻刻都新鲜生动,时时刻刻像初产生时那样剧烈残酷地折磨着你。这是任何人都无法忍受下去的。然而,人能"忘",渐渐地从剧烈到淡漠,再淡漠,再淡漠,终于只剩下一点残痕;有人,特别是诗人,甚至爱抚这一点残痕,写出了动人心魄的诗篇,这样的例子,文学史上还少吗?

因此,我必须给赋予我们人类"忘"的本能的造化小儿大唱赞歌。试问,世界上哪一个圣人、贤人、哲人、诗人、阔人、猛人、这人、那人，能有这样的本领呢？

我还必须给"忘"大唱赞歌。试问：如果人人一点都不忘，我们的世界会成什么样子呢？

遗憾的是，我现在尽管在"忘"的方面已经建立了有季羡林特色的学派，可是自谓在这方面仍是钝根。真要想达到我那位画家朋友的水平，仍须努力。如果想达到我在上面说的那个笑话中人的境界，仍是可望而不可即。但是，我并不气馁，我并没有失掉信心，有朝一日，我总会达到的。勉之哉！勉之哉！

1993 年 7 月 6 日

遍历山河，人间值得

一双长满老茧的手

有谁没有手呢？每个人都有两只手。手，已经平凡到让人不再常常感觉到它的存在了。

然而，一天黄昏，当我乘公共汽车从城里回家的时候，一双长满了老茧的手却强烈地引起了我的注意。我最初只是坐在那里，看着一张晚报。在有意无意之间，我的眼光偶尔一滑，正巧落在一位老妇人的一双长满老茧的手上。我的心立刻震动了一下，眼光不由得就顺着这双手向上看去：先看到两手之间的一个胀得圆圆的布包；然后看到一件洗得挺干净的褪了色的蓝布褂子；再往上是一张饱经风霜布满了皱纹的脸，长着一双和善慈祥的眼睛；最后是包在头上的白手巾，银丝般的白发从里面披散下来。这一切都给了我极好的印象。但是给我印象最深的还是那一双长满了老茧的手，它像吸铁石一般吸住了我的眼光。

老妇人正在同一位青年学生谈话，她谈到她是从乡下来看她在北京读书的儿子的，谈到乡下年成的好坏，谈到来到这里人生地疏，感谢青年对她的帮助。听着她的话，我不由深深地陷入回忆中，几十年的往事蓦地涌上心头。

在故乡的初秋，秋庄稼早已经熟透了，一望无际的大平原上长满了谷子、高粱、老玉米、黄豆、绿豆等，郁郁苍苍，一片绿色，里面点缀着一片片的金黄和星星点点的浅红和深红。虽然暑热还没有退尽，秋的气息已经弥漫大地了。

我当时只有五六岁，高粱比我的身子高一倍还多。我走进高粱地，就像是走进大森林，只能从密叶的间隙看到上面的蓝天。我天天早晨在朝露未退的时候到这里来掰高粱叶。叶子上的露水像一颗颗的珍珠，闪出淡白的光。把眼睛凑上去仔细看，竟能在里面看到自己的缩得像一粒芝麻那样小的面影，心里感到十分新鲜有趣。老玉米也比我高得多，必须踮起脚才能摘到棒子。谷子同我差不多高，现在都成熟了，风一吹，就涌起一片金浪。只有黄豆和绿豆比我矮，我走在里面，觉得很爽朗，一点也不闷气，颇有趾高气扬之概。

因此，我就最喜欢帮助大人在豆子地里干活。我当时除了跟大奶奶去玩以外，总是整天缠住母亲，她走到哪里，我跟到哪里。有时候，在做午饭以前，她到地里去摘绿豆荚，好把豆粒剥出来，拿回家去煮午饭。我也跟了来。这时候正接近中午，天高云淡，蝉声四起，蝈蝈儿也爬上高枝，纵声欢唱，空气中飘拂着一股淡淡的草香和泥土的香味。太阳晒到身上，虽然还有点热，但带给人暖烘烘的舒服的感觉，不像盛夏那样令人难以忍受了。

在这时候，我的兴致是十分高的。我跟在母亲身后，跑来跑去。捉到一只蚱蜢，要拿给她看一看；掐到一朵野花，也要拿给她看一看。棒子上长了乌霉，我觉得奇怪，一定问母亲为什么；有的豆荚生得短而粗，也要追问原因。总之，这一片豆子地就是我的乐园，我说话像百灵鸟，跑起来像羚羊，腿和嘴一刻也不停。干起活来，更是全神贯注，总想用最高的速度摘下最多的绿豆荚来。但是，一检查成绩，却未免令人气短：母亲的筐子里已经满了，而自己的呢，连一半还不到哩。在失望之余，就细心加以观察和研究。不久，我就发现，这里面也并没有什么奥妙，关键就在母亲那一双长满了老茧的手上。

这一双手看起来很粗，由于多年劳动，上面长满了老茧，可是摘起豆荚来，却显得十分灵巧迅速。这是我以前没有注意到的事情。在我小小的心灵里不禁有点困惑。我注视着它，久久不愿意把眼光移开。

我当时岁数还小，经历的事情不多。我还没能把许多同我的生活有密切联系的事情都同这一双手联系起来，譬如说做饭、洗衣服、打水、种菜、养猪、喂鸡，如此等等。我当然更没能读到"慈母手中线，游子身上衣"这样的诗句。但是，从那以后，这一双长满了老茧的手却在我的心里占据了一个重要的地位,留下了一个不可磨灭的印象。

后来大了几岁,我离开母亲,到了城里跟叔父去念书,代替母亲照顾我的生活的是王妈,她也是一位老人。

她原来也是乡下人,干了半辈子庄稼活。后来丈夫死了,儿子又逃荒到关外去,二十年来,音讯全无。她孤苦伶仃,一个人在乡里活不下去,只好到城里来谋生。我叔父就把她请到我们家里来帮忙。做饭、洗衣服、扫地、擦桌子,家里那一些琐琐碎碎的活全给她一个人包下来了。

王妈除了从早到晚干那一些刻板工作以外,每年还有一些带季节性的工作。每到夏末秋初,正当夜来香开花的时候,她就搓麻线,准备纳鞋底,给我们做鞋。干这活都是在晚上。这时候,大家都吃过了晚饭,坐在院子里乘凉,在星光下,黑暗中,随意说着闲话。我仰面躺在席子上,透过海棠树的杂乱枝叶的空隙,看到夜空里眨着眼的星星。大而圆的蜘蛛网的影子隐隐约约地印在灰暗的天幕上。不时有一颗流星在天空中飞过,拖着长长的火焰尾巴,只是那么一闪,就消逝到黑暗里去。一切都是这样静。在寂静中,夜来香正散发着浓烈的香气。

这正是王妈搓麻线的时候。干这个活本来是听不到多少声音的。然而现在那揉搓的声音却听得清清楚楚。这就不能不引起我的注意了。我转过身来，侧着身子躺在那里，借着从窗子里流出来的微弱的灯光，看着她搓。最令我吃惊的是她那一双手，上面也长满了老茧。这一双手看上去拙笨得很，十个指头又短又粗，像是一些老干树枝子。但是，在这时候，它却显得异常灵巧美丽。那些杂乱无章的麻在它的摆布下，服服帖帖，要长就长，要短就短，一点也不敢违抗。这使我感到十分有趣。这一双手左旋右转，只见它搓呀搓呀，一刻也不停，仿佛想把夜来香的香气也都搓进麻线里似的。

这样一双手我是熟悉的，它同母亲的那一双手是多么相像呀。我总想多看上几眼。看着看着，不知道在什么时候，竟沉沉睡去了。到了深夜，王妈就把我抱到屋里去，同她睡在一张床上。半夜醒来，还听到她手里拿着大芭蕉扇给我赶蚊子。在朦朦胧胧中，扇子的声音听起来好像是从很远很远的地方传来似的。

去年秋天，我随着学校里的一些同志到附近乡村里一个人民公社去参加劳动。同样是秋天，但是这秋天同我五六岁时在家乡摘绿豆荚时的秋天大不一样。天仿佛特别蓝，草和泥土也仿佛特别香，人的心情当然也就特别舒畅了。——因此，我们干活都特别带劲。人民公社的同志们知道我们这一群白面书生干不了什么重活，只让我们砍老玉米秸。但是，就算是砍老玉米秸吧，我们干起来，仍然是缩手缩脚，一点也不利落。于是一位老大娘就走上前来，热心地教我们：怎样抓玉米秆，怎样下刀砍。在这时候，我注意到，她也有一双长满了老茧的手。我虽然同她素昧平生，但是她这一双手就生动地具体地说明了她的历史。我用不着再探询她的姓名、身世，还有她现在在公社所担负的职务。我一看到这一双手，一想到母亲和王妈的同样的手，我对她的感情就油然而生，而且肃然起敬，再说什么别的话，似乎就是多余的了。

就这样，在公共汽车行驶声中，我的回忆围绕着一双长满了老茧的手联成一条线，从几十年前，一直牵到现在，集中到坐在我眼前的这一位老妇人的手上。这回忆像是一团丝，愈抽愈细，愈抽愈多。它甜蜜而痛苦，错乱而清晰。在我一生中给我印象最深的三双长满了老茧的手，现在似乎重叠起来化成一双手了。它在我眼前不停地晃动，体积愈来愈扩大，形象愈来愈清晰。

这时候，老妇人同青年学生似乎发生了什么争执。我抬头一看：老妇人正从包袱里掏出来两个煮鸡蛋，硬往青年学生手里塞，青年学生无论如何也不接受。两个人你推我让，正在争执得不可开交的时候，公共汽车到了站，蓦地停住了。青年学生就扶了老妇人走下车去。我透过玻璃窗，看到青年学生用手扶着老妇人的一只胳臂，慢慢地向前走去。我久久注视着他俩逐渐消失的背影。我虽然仍坐在公共汽车上，但是我的心却仿佛离我而去。

1961 年 9 月 25 日

遍历山河，人间值得

夜来香开花的时候

　　夜来香开花的时候，我想到王妈。我不能忘记，在我刚走出童年的几年中，不知道有几个夏夜里，当闷热渐渐透出了凉意，我从飘忽的梦境里转来的时候，往往可以看到窗纸上微微有点白；再一沉心，立刻就有嗡嗡的纺车的声音，混着一阵阵的夜来香的幽香，流了进来。倘若走出去看的话，就可以看到，一盏油灯放在夜来香丛的下面，昏黄的灯光照彻了小院，把花的高大支离的影子投在墙上，王妈坐在灯旁纺着麻，她的黑而大的影子也被投在墙上，合了花的影子在晃动着。

　　她是老了。我不知道她什么时候到我们家里来的。当我从故乡里来到这个大都市的时候，我就看到她已经在我们家里来来往往地做着杂事。那时，已经似乎很老了。对我，从那时到现在，是一个

自成人间

从莫名其妙的朦胧里渐渐走到光明的一段。最初，我看到一切事情都像隔了一层薄纱。虽然到现在这层薄纱也没能撤去，但渐渐地却看到了一点光亮，于是有许多事情就不能再使我糊涂。就在这从朦胧到光亮的一段里，我们搬过两次家。第一次搬到一条歪曲铺满了石头的街上。王妈也跟了来。房子有点旧，墙上满是雨水的渍痕，只有一个窗子的屋里白天也是暗沉沉的。我童年的大部分的时间就在这黑暗屋里消磨过去。院子里每一块土地都印着我的足迹。现在我还能清晰地记起来屋顶上在秋风里战抖的小草，墙角檐下挂着的蛛网。但倘若笼统想起来的话，就只剩一团苍黑的印象了。

倘若我的记忆可靠的话，在我们搬到这苍黑的房子里第二年的夏天，小小的院子里就有了夜来香。当时颇有一些在一起玩的小孩，往往在闷热的黄昏时候聚在一块，仰卧在席上数着天空里飞来飞去的蝙蝠。但是最引我们注意的却是夜来香的黄花——最初只是一个长长的花苞，我们目不转睛地注视着它。还不开，还不开，蓦地一眨眼，再看时，长长的花苞已经开放成伞似的黄花了。在当时的心里，觉得这样开的花是一个奇迹。这花又毫不吝惜地放着香气。王妈也很高兴。每天她总把所有开过的花都数一遍。当她数着的时候，随时有新的花在一闪一闪地开放着。她眼花缭乱，数也数不清。我们看了她慌张而又用心的神情，不禁一哄笑起来。就这样每一个黄昏都在奇迹和幽香里度过去。每一个夜跟着每一个黄昏走了来。在清凉的中夜里,当我从飘忽的梦境里转来的时候,就可以看到王妈的投在墙上的黑而大的影子在合着夜来香的影子晃动了。

就在这样一个环境里,我第一次觉到我的眼前渐渐地亮起来。以前我看王妈只像一个影子,现在我才发现她也同我一样地是一个活动的人。但是我仍然不明了她的身世。在小小的心灵里,我并想不到她这样大的年纪出来佣工有什么苦衷;我只觉得她同我们住在一起,就是我们家里的一个人,她也应该同我们一样地快活。童稚的心岂能知道世界上还有不快活的事情吗?

在初秋的暴雨里,我看到她提着篮子出去买菜;在严冬大雪的早晨,我看到她点着灯起来生炉子。冷风把她的手吹得红萝卜似的开了裂,露出鲜红的肉来。我永远忘不掉这两只有着鲜红裂口的手!她有自己的感情,自己的脾气,这些都充分表示出一个北方农民的固执与倔强。但我在黄昏的灯下却常听到她不时吐出的叹息了。我从小就是孤独的。在我小小的心里,一向感觉到缺少点什么。我虽然从没叹息过,但叹息却堆在我的心里。现在听了她的叹息,我的心仿佛得到被解脱的痛快。我愿意听这样的低咽的叹息从这垂老的人的嘴里流出来。在她,不知因为什么,闲下来的时候,也总爱找着我说话。她告诉我,她的丈夫是她村里唯一的秀才,但没能捞上一个举人就死去了。她自己被家里的妯娌们排挤,不得已才出来佣工。有一个儿子,因为乡里没有饭吃,到关外做买卖去了。留下一个媳妇在这大城里,似乎也不大正经。她又告诉我,她年青的时候,怎样刚强,怎样有本领,和许多别的美德;但谁又知道,在垂老的暮年又被迫着走出来谋生,只落得几声叹息呢?

以后,这叹息就时时可以听到。她特别注意到我衣服寒暖。在冬天里,她替我暖;在夏夜里,她替我用大芭蕉扇赶蚊子。她仍然照常地提着篮子出去买菜,冬天早晨用开了鲜红裂口的手生炉子。当夜来香开花的时候,又可以看到她郑重其事地数着花朵。但在不寐的中夜里,晚秋的黄昏里,却连续听到她的叹息,这叹息在沉寂里回荡着,更显得凄冷了。她仿佛时常有话要说。被追问的时候,却什么也不说,脸上只浮起一片惨笑。有时候有意与无意之间,又说到她年青时候的倔强,她的秀才丈夫。往往归结说到她在关外做买卖的儿子。我们都可以看出来,这老人怎样把暮年的希望和幻想放在她儿子身上。我也曾替她写过几封信给她的儿子,但终于也没能得到答复。这老人心里的悲哀恐怕只有她一个人知道了。

不记得是哪一年,在夏天,又是夜来香开花的时候,她儿子来了信。信里说的,却并不像她想的那样满意,只告诉她,他在关外勤苦几年挣的钱都给别人骗走了;他因为生气,现在正病着。结尾说:"倘若母亲还要儿子的话,就请汇钱给我回家。"这样一封信给她怎样的影响,我们大概都可以想象得出。连着叹了几口气以后,她并没说什么话,但脸色却更阴沉了。这以后,没有叹气,我们只看到眼泪。

我前面不是说，我渐渐从朦胧里走向光明里去么？现在我眼前似乎更亮了。我看透了一些事情：我知道在每个人嘴角常挂着的微笑后面有着怎样的冷酷；我看出大部分的人们都给同样黑暗的命运支配着。王妈就在这冷酷和黑暗的命运下呻吟着活下来。我看透了这老人的眼泪里有着无量的凄凉。我也了解了她的寂寞。

在这时候，我们又搬了一次家，只不过从这条铺满了石头的街的中间移到南头。王妈仍然跟了来。房子比以前好一点，再看不到四壁的雨痕和蜘蛛。每座屋子也都有了两个以上的窗子，而且窗子上还有玻璃。尤其使我满意的是西屋前面两棵高过房檐的海棠。时候大概是春天，因为才搬进来的时候，树上还开满着一团团的花。就在这一年的夏天，大概因为院子大了一点吧，满院里，除了一个大水缸养着子午莲和几十棵凤仙花和其他杂花以外，便只看到一丛丛的夜来香。我现在已经不是孩子，有许多地方要摆出安详的样子来；但在夏天的黄昏时候，却仍然做着孩子时候做的事情。我坐在院子里数着天上飞来飞去的蝙蝠，看着夜色慢慢织入夜来香丛里，一片朦胧的薄暗。一眨眼，眼前已经是一片黄黄的伞似的花了。跟着又有幽香流过来。夜里同蚊子打过了仗，好容易睡过去。各样的梦做过了以后，从飘忽的梦境里转来的时候，往往可以看到窗上有点白，听到嗡嗡的纺车的声音。走出去，就可以看到王妈的黑大的投在墙上的影子在合着夜来香的影子晃动了。

王妈更老了。但我仍然只看到她的眼泪。在她高兴的时候,她又谈到她的秀才丈夫,她的不大正经的儿媳妇,和她病倒在关外的儿子。她仍然提着篮子出去买菜,冬天老早起来生炉子,从她走路的样子上看来,她真有点老了,虽然她自己在别人说她老的时候还在竭力否认着。她有颗简单纯朴的心。因了年纪更大的关系,这颗心似乎就更纯朴简单。往往因为少得了一点所应得的东西,我们就可以看到她的干瘪了的嘴并拢在一起,腮鼓着,似乎要有什么话从里面流出来。然而在这样的情形下往往是没有什么流出的。倘若有人意外地给了她点什么,我们也可以意外地看到这老人从心里流出来的快意的笑了。她不会做荒唐的梦,极小的得失可以支配她的感情。她有一颗简单的心。

日子一天一天地过去,这寂寞的老人就在这寂寞里活下去。上天给了她一个爽直的性情,使她不会向别人买好,不会在应当转圈的时候转圈。因为这,在许多极琐碎的事情上,她给了别人一点小小的不痛快,她自己却得到一个更大的不痛快。这时候,我们就见她在把干瘪了的嘴并拢以后,又在暗暗地流着眼泪了。我们都知道,这眼泪并不像以前想到她儿子时的那眼泪那样有意义。这样的眼泪流多了,顶多不过表示她在应当流的泪以外,还有多余的泪,给自己一点轻松。泪流过了不久,就可以看到她高兴地在屋里来来往往地做着杂事了。她有一颗同孩子一样的简单的心。

在搬家过来以前,我已经到一个在城外的四面满是湖田和荷池的学校里去读书,就住在那里,只在星期日回家一次。在学校里死沉的空气里住过六天以后,到家里觉得仿佛到了另一个世界。进门先看到王妈的欢乐的微笑。等到踏着暮色走回去的时候,心里竟觉得意外的轻松。这样的情形似乎也延长不算很短的一个期间。虽然我自己的心情随时都有着变化,生活却显得惊人的单调。回看花开花落,听老先生沙着声念古文,拼命地在饭堂里抢馒首,感情冲动的时候,也热烈地同别人打架,时间也就慢慢地过去。

又忘记了是多少时候以后,是星期日,当时我从学校里走回家去的时候,我看到一个黄瘦个儿很高的中年男子在替我们搬移着桌子之类的东西。旁人告诉我,这就是王妈的儿子。几个月以前她把储蓄了几年的钱都汇给他,现在他居然从关外回到家来了。但带回来的除了一床破棉被以外,就剩了一个有着几乎各类的一个他那样用自己的力量来换面包的中年人所能有的病的身子,和一双连霹雳都听不到的耳朵。但终于是个活人,是她的儿子,而且又终于回到家里来了。

王妈高兴。在垂暮的老年,自己的独子,从迢迢的塞外回到她跟前来,这样奇迹似的遭遇怎能不使她高兴呢?说到儿子的身体和病,她也会叹几口气,但儿子终于是儿子,这叹息掩不过她的高兴的。

不久，她那不大正经的媳妇也不知从哪里名正言顺地找了来，于是一个小家庭就组成了。儿子显然不能再干什么重劳力的活了，但是想吃饭除了劳力之外又似乎没有第二条路可走。在我第二星期回到家里来的时候，就看到她那说话也需要打手势的儿子在咳嗽着一出一进地挑着满桶的水卖钱了。

这以后，对王妈，对我们家里的人，有一个惊人的大转变。从她那里，我们再听不到叹息，看不到眼泪，看到的只有微笑。有时儿子买了一个甜瓜或柿子，甚至几个小小的梨，拿来送给母亲吃。儿子笑，不说话；母亲也笑，更不说话。我们都可以看出来这笑怎样润湿了这老人的心。每逢过节，或特别日子的时候，儿子把母亲接回家去。当吃完儿子特别预备的东西走回来的时候，这老人脸上闪着红光。提着篮子买菜也更带劲，冬天早晨也更起得早。生命对她似乎是一杯香醪。她高兴地活下去，没有了寂寞，也没有了凄凉，即便再说到她丈夫的时候，也只有含着笑骂一声："早死的死鬼！"接着就兴高采烈地夸起自己年青时的美德来了。我们都很高兴。我们眼看着这老人用手捉住自己的希望和幻想。辛勤了几十年，现在这希望才在她心里开成了花。

日子又平静地过下去。微笑似乎没离开过她，这老人正做着一个天真的梦。就这样差不多过了一年的时间。中间我还在家里住了一个暑假，每天黄昏时候，躺在院子里的竹床上，数着天上的蝙蝠。

夜来香每天照例一闪便开了。我们欣赏着花的香，王妈更起劲地像煞有介事似的数着每天开过的花。但在暑假过了以后，当我再每星期日从学校里走回家来的时候，我看到空气似乎有点不同。从王妈那里我又常听到叹息了。她又找着我说话，她告诉我，儿子常生病，又聋。虽然每天拼命挑水，在有点近于接受别人恩惠的情形下接了别人的钱，却连肚皮也填不饱。这使他只有更拼命；然而结果，在已经有了的病以外，又添了其他可能的新病。儿媳妇也学上了许多新的譬如喝酒抽烟之类的毛病。她丈夫自然不能满足她，凭了自己的机警，公然在她丈夫面前同别人调情，而且又进一步姘居起来了。这老人早起晚睡侍候别人颜色挣来的钱，以前是被严谨地锁在一个箱子里的，现在也慢慢地流出来，换成面包，填充她儿子的肚皮了。她为儿子的病焦灼，又生媳妇的气，却没办法。这有一颗简单的心的老人只好叹息了。

儿子病的次数加多起来，而且也厉害起来。在很短的期间，这叹息就又转成眼泪了。以前是因为有幻想和希望而不能捉到才流泪，现在眼看着幻想和希望要在自己手里破碎，这泪当然更沉痛了。我虽然不常在家里，但常听人们说到，每次她从儿子那里回来的时候，总带回来惊人多的叹息和眼泪。问起来，她就说到儿子怎样病，几天不能挑水，柴米没有，媳妇也不知道跑到什么地方去了。于是在静寂的中夜里，就又常听到她低咽的暗泣。她现在再也没有心绪谈到她的秀才丈夫，夸耀自己年青时的美德，处处都表示出衰老的样子。流泪成了日常的工作，泪也终于流不完。并没延长了多久，她有了病，眼也给一层白膜障上了。她说，她不想死。真的，随处都表示出，她并不想死。她请医生，供神水，喝符，用大葱叶包起七个活着的蜘蛛生生吞下去，以及一切的偏方正方。为了自己的身子，她几乎忘掉了一切。大约有几个月以后吧，身子好了，却只剩下了一只眼。

她更显得衰老了。腰佝偻着，剩下的一只眼似乎也没有什么大用。走路的时候，只是用手摸索着走上去。每次我看她拿重一点的东西而曲着背用力的时候，看到她从儿子那里回来含着泪慢慢地踱进自己的幽暗的小屋里去的时候，我真想哭。虽然失掉一只眼睛，但并没有失掉了固有的性情，她仍然倔强，仍然不会买好，不会在应当转圈的时候转圈；也就仍然常常碰到点小不痛快，流两次无所谓的眼泪。她同以前一样，有着一颗简单又纯朴的心。

四年前，为了一个近于荒诞的理想，我从故乡来到这辽远的故都里。我看到的自然是另一个新的世界，但这世界却不能吸引着我；我时常想到王妈，想到她数夜来香的神情，想到她红萝卜似的开了鲜红裂口的手。第一年寒假回家的时候，迎着我的是她的欢迎的微笑。只有我了解她这笑是怎样勉强做出来的。前年的冬天，我又回家去。照例一阵微微的晕眩以后，我发现家里少了一个人，以前笑着欢迎我的王妈到哪里去了呢？问起来，才知道这老人已经回老家去了。在短短的半年里，她又遭遇到许多不如意的事情。因为看到放在儿子身上的希望和幻想渐渐渺茫起来，又因为自己委实有点老了，于是就用勉强存起来的一点钱在老家托人买了一口棺材。这老人已经看透了自己一生注定了不过是这么回事，趁着没死的时候，预备点东西，过一个痛快的死后的生活吧。但这口棺材却毫无理由地被她一个先死去的亲戚占去了。从年青时候守节受苦，到垂老的暮年出来佣工，辛苦了一生，老把自己的希望和幻想拴在儿子身上，结果是幻灭；好容易自己又制了一个死后的美丽的梦，现在又给打碎了。她不懂怎样去诉苦，也没人可诉。这颗经了七十年痛创的简单又纯朴的心能容得下这些破损吗？她终于病倒了。

正要带着儿子和媳妇回老家去养病的时候，儿子竟然经不起病的摧折死去了。我不忍去想象，悲哀怎样啮着这老人的心。她终于回了家。我们家里派了一个人去送她。临走的时候，她还带着恳乞的神气说："只要病好了，我还回来。"生命的火还在她心里燃烧着，她不想死的。在严冬的大风雪里，在灰黯的长天下，坐在一辆独轮小车上，一个垂老的人，带了自己独子的棺材，带了一个艰苦地追求了一辈子而终于得到的大空虚，带了一颗碎了的心，回到自己的故乡里去，把一切希望和幻想都抛到后面，人们大概总能想象到这老人的心情吧！我知道会有种种的幻影在她眼前浮掠，她会想到过去自己离开家时的情景,然而现在眼前明显摆着的却是一个不可避免的黑洞,一切就都归到这洞里去。车走上一个小木桥的时候,忽然翻下河去,这老人也被倾到水里。被人捞上来的时候,浑身都结了冰。她自己哭了,别人也都哭起来。人生到这样一个地步,还有什么话可以说呢?这纯朴的老人也不能不咒骂自己的命运了。

我不忍去想象,她怎样在那穷僻的小村里活着的情形。听人说,剩下的一只眼睛也哭得失了明。自己的房子已经卖给别人,只好借住在亲戚家里。一闭眼,我就仿佛能看到她怎样躺到床上呻吟,但没有人去理会她;她怎样起来沿着墙摸索着走,她怎样呼喊着老天。她的红萝卜似的开了裂口流着红血的手在我眼前颤动……以前存的钱一个也没能剩下。她一定会回忆到自己困顿的一生,受尽人们的唾弃,老年也还免不了早起晚睡侍候别人的颜色,到死却连自己一点无论怎样不能成为希望和幻想的希望和幻想都一个不剩地破碎了去。过去的黑影沉重地压在她心头。人到欲哭无泪的地步,还有什么话可说呢?我听不到她的消息,我只有单纯地有点近于痴妄地希望着,她能好起来,再回到我们家里去。

但这岂是可能的呢?第二年暑假我回家的时候,就听人说,王妈死了。我哭都没哭,我的眼泪都堆在心里,永远地。现在我的眼前更亮,我认识了怎样叫人生,怎样叫命运。——小小的院子里仍然挤满了夜来香。黄昏里我仍然坐在院子里的竹床上,悲哀沉重地压住了我的心。我没有心绪再数蝙蝠了。在沉寂里，夜来香自己一闪一闪地开放着，却没有人再去数它们。半夜里，当我再从飘忽的梦境里转来的时候，看不到窗上的微微的白光，也再听不到嗡嗡的纺车的声音，自然更看不到照在四面墙上的黑而大的影子在合着历乱的枝影晃动。一切都死样的沉寂。我的心寂寞得像古潭。第二天早晨起来的时候，整夜散放着幽香的夜来香的伞似的黄花枝枝都枯萎了。没了王妈，夜来香哪能不感到寂寞呢？

1935 年

自成人间

去故国——欧游散记之一

不知从什么时候起,就有一个到外国去,尤其是到德国去的希望埋在我的心里了。同朋友谈话的时候也时时流露出来。在外表看来似乎是很具体、很坚决,其实却渺茫得很。我没有伟大的动机。冠冕堂皇的理由自然也不能没有。但仔细追究起来,却只有一个极单纯的要求:我总觉得,在无量的——无论在空间上或时间上——宇宙进程中,我们有这次生命,不是容易事;比电火还要快,一闪便会消逝到永恒的沉默里去。我们不要放过这短短的时间,我们要多看一些东西。就因了这点小小的愿望,我想到外国去。

但是,究竟怎样去呢?似乎从来不大想到。自己学的是文科,早就被一般人公认为无补于国计民生的落伍学科,想得到官费自然不可能。至于自费呢,家里虽然不能说是贫无立锥之地,但若把所有的财产减去欠别人的一部分，剩下的也就只够一趟的路费。想自己出钱到外国去自然又是一个过大的妄想了。这些都是实际上不能解决的问题，但却从来没有给我苦恼，因为我根本不去想。我固执地相信，我终会有到外国去的一天。我把自己沉在美丽的涂有彩色的梦里。这梦有多么样的渺茫，恐怕只有我一个人知道了。

一直到去年夏天，当我的大学学程告一段落的时候，我才第一次想到究竟怎样到外国去。恐怕从我这个不切实际的只会做梦的脑筋里，再也不会想出切合实际的办法：我想用自己的劳力去换得金钱，再把金钱储存起来到外国去。我没有详细计算每月存钱若干，若干年后才能如愿，便贸贸然回到故乡的一个城里去教书。第一个月过去了，钱没能剩下一个。第二个月又过去了，除了剩下许多账等第三个月来还之外，还剩下一颗疲劳的心。我立刻清醒了，头上仿佛浇上了一瓢冷水：照这样下去，等到头发全白了的时候，岂不也还是不能在柏林市上逍遥一下吗？然而书却终于继续教下去，只有把疲劳的心更增加了疲劳。

就在这时候，却有一个从天而降的机会落在我的头上。我只要出很少的一点钱就可以到德国去住上二年。亲眼看着自己用手去捉住一个梦，这种狂欢的心情是不能用任何语言文字描写得出的。我匆匆地从家里来到故都，又匆匆地回去。从虚无缥缈的幻想里一步跨到事实里，使我有点糊涂。我有时就会问起自己来：我居然也能到德国去了吗？然而，跟着来的却是在精神上极端痛苦的一段。平常我对事情，总有过多的顾虑，这我知道，比谁都清楚。但这次却不能不顾虑。我顾虑到到德国以后的生活，我顾虑到自己的家境。许多琐碎到不能再琐碎的小事纠缠着我，给我以大痛苦。随处都可以遇到的不如意与不满足像淡烟似的散布在我的眼前。同时还有许多实际问题要我解决：我还要筹钱。平常从自己手里水似的流去的钱，我现在才知道它的可贵。从这里面也可以看出真正的人情和世态。经了许多次的碰壁，终于还是大千和洁民替我解了这个围。同时又接到故都里梅生的信，他也要替我张罗。在这期间，我有几次都想放弃这个机会，因为这个机会带给我的快乐远不如带给我的痛苦多，但长之却从辽远的故都写信来劝我，带给我勇气和力量。我现在才知道友情的可贵；没有他们几位，说不定我现在又带了一颗疲劳的心开始吃粉笔末的生活了。这友情像一滴仙露，滴到我的焦灼的心上，使我又在心里开放了希望的花，使我又重新收拾起破碎的幻想，回到故都来。

在生命之路上，我现在总算走上一段新程了。几天来，从早晨到晚上，我时常一个人坐在一间低矮然而却明朗的屋里，注视着支离的树影在窗纱上慢慢地移动着，听树丛里曳长了的含有无量倦意的蝉声。我心里有时澄澈沉静得像古潭，有时却又搅乱得像暴风雨下的海面。我默默地筹划着应当做的事情。时时有幻影，柏林的幻影，浮动在我眼前:我仿佛看到宏伟古老的大教堂,圆圆的顶子在夕阳中闪着微光;宽广的街道,有车马在上面走着。我又仿佛看到大学堂的教室,头发皤白的老教授颤声讲着书。我仿佛连他的声音都能听得到,他那从眼镜边上射出来的眼光正落在我的头上。但当我发现自己仍然在这一间低矮而明朗的屋子里的时候,我的心飞到不知什么地方去了。

我虽然在过去走过许多路,但从降生一直到现在,自己脚迹叠成的一条路,回望过去,是连绵不断的一线,除了在每一年的末尾,在心里印上一个浅痕,知道又走过一段路以外,自己很少画过明显的鸿沟,说以前走的是一段,以后是另一段的开端。然而现在,自己却真的在心里画了一个鸿沟,把以前二十四年走的路就截在鸿沟的那一岸;在这一岸又开始了一条新路,这条会把我带到渺茫的未来去。这样我便不能不回头去看一看,正如当一个人走路走到一个阶级的时候往往回头看一样。于是我想到几个月来不曾想到的几个人。我先想到母亲。母亲死去到现在整二年了。前年这时候,我回故乡去埋葬母亲。现在恐怕坟头秋草已萋萋了。我本来预备每年秋天,当树丛乍显出点微黄的时候,回到故乡母亲的坟上去看看。无论是在白雾笼罩墓头的清晨,还是归鸦驮了暮色进入簌簌响着的白杨树林的黄昏,我都到母亲墓绕两周,低低地唤一声:"母亲!"来补偿生前八年的长时间没见面的遗恨。然而去年的秋天,我刚从大学走入了社会，心情方面感到很大的压迫，更没有余闲回到故乡去。今年的秋天，又有这样一个机会落到我的头上。我不但不能回到故乡去，而且带了一颗饱受压迫的心，不能得到家庭的谅解，跑到几万里外的异邦去漂泊。一年，二年，谁又知道几年才能再回到这故国来呢？让母亲一个人凄清地躺在故乡的地下，忍受着寂寞的袭击，上面是萋萋的秋草。在白杨簌簌中，淡月朦胧里，我知道母亲会藉了星星的微光到各处去找她的儿子，藉了西风听取她儿子的消息。然而所找到的只是更深的凄清与寂寞，西风也只带给她迷离的梦。

我又想到母亲生前最关心的外祖母。当我七八岁还没有离开故乡的时候，整天住在她家里，她的慈祥的面貌永远印在我的记忆里。今年夏天见她的时候，她已龙钟得不像样子了。又正同别人闹着田地的纠纷，现在背恐怕更驼了吧？临分别的时候，她再三叮嘱我要常写信给她。然而现在当我要到这样远的地方去的时候，我却不能写信给她，我不忍使她流着老泪看自己晚年唯一的安慰者离开自己跑了。我只希望她能好好地活下去，当我漂泊归来的时候，跑到她怀里，把受到的委屈，都哭出来。我为她祝福。

我终于要走了，沿了我自己在心里画下的一条鸿沟的这一岸的路走去。天知道我会走到什么地方去，这条路真太渺茫，渺茫到使我吃惊。以前我曾羡慕过漂泊的生活，也曾有过到外国去的渴望。然而当希望成为事实的现在，我又渴慕平静的生活了。我看了在豆棚瓜架下闲话的野老，看了在一天工作疲劳之余在门前悠然吸烟的农人，都引起我极大的向往。我真不愿意离开这故国，这故国每一方土地，每一棵草木，都能给我温热的感觉。但我终于要走的，沿了自己在心里画下的一条路走。我只希望，当我从异邦转回来的时候，我能看到一个一切都不变的故国，一切都不变的故乡，使我感觉不到我曾这样长的时间离开过它，正如从一个短短的午梦转来一样。

1935 年 8 月 13 日

过西伯利亚

我们在哈尔滨住了几天,登上了苏联经营的西伯利亚火车,时间是9月4日。

车上的卧铺,每间四个铺位。我们六个中国学生,住在两间屋内,其中一间有两个铺位,是别人睡的,经常变换旅客,都是苏联人。车上有餐车,听说价钱极贵,而且只收美元。因此,我们一上车,就要完全靠在哈尔滨带上来的那只篮子过日子了。

火车奔驰在松嫩大平原上。车外草原百里,一望无际。黄昏时分,一轮红日即将下落,这里不能讲太阳落山,因为根本没有山,只有草原;这时,在我眼中,草原蓦地变成了大海,火车成了轮船。只是这大海风平浪静,毫无波涛汹涌之状,然而气势却依然宏伟非凡,不亚于真正的大海。

第二天,车到了满洲里,是苏联与"满洲国"接壤的地方。火车停了下来,据说要停很长的时间。我们都下了车,接受苏联海关的检查。我绝没有想到,苏联官员竟检查得这样细致,又这样慢条斯理,这样万分认真。我们所有的行李,不管是大是小,是箱是筐,统统一律打开,一一检查,巨细不遗。我们躬身侍立,随时准备回答垂询。我们准备在火车上提开水用的一把极其平常又极其粗糙的铁壶,也未能幸免,而且受到加倍的垂青。这件东西一目了然,然而苏联官员却像发现了奇迹,把水壶翻来覆去,推敲研讨,又碰又摸,又敲又打,还要看一看壶里面是否有"夹壁墙"。连那一个薄铁片似的壶盖,也难逃法网,敲了好几遍。这里只缺少一架显微镜,如果真有一架的话,不管是多么高度的,他们也绝不会弃置不用。我怒火填膺,真想发作。旁边一位同车的外国老年朋友,看到我这个情况,拍了拍我的肩膀,用英文说了句:Patience is the great virtue.("忍耐是大美德。")我理解他的心意,相对会心一笑,把怒气硬是压了下去,恭候检查如故。大概当时苏联人把外国人都当成"可疑分子",都有存心颠覆他们政权的嫌疑,所以不得不尔。

检查完毕,我的怒气已消,心里恢复了平静。我们几个人走出车站,到市内去闲逛。满洲里只是一个边城小镇,连个小城都算不上。只有几条街,很难说哪一条是大街。房子基本上都是用木板盖成的,同苏联的西伯利亚差不多,没有砖瓦,而多木材,就形成了这样的建筑特点。我们到一家木板房商店里去，买了几个甜酱菜罐头，是日本生产的，带上车去，可以佐餐。

再回到车上，天下大定，再不会有什么干扰了。车下面是横亘欧亚的万里西伯利亚大铁路。从此我们就要在这车上住上七八天。"人是地里仙，一天不见走一千"，我们现在一天绝不止走一千，我们要在风驰电掣中过日子了。

车上的生活，单调而又丰富多彩。每天吃喝拉撒睡，有条不紊，有简便之处，也有复杂之处。简便是，吃东西不用再去操持，每人两个大篮子，饿了伸手拿出来就吃。复杂是，喝开水极成问题，车上没有开水供应，凉水也不供应。每到一个大一点的车站，我们就轮流手持铁壶，飞奔下车，到车站上的开水供应处，拧开开水龙头，把铁壶灌满，再回到车上，分而喝之。有一位同行的欧洲老太太，白发盈颠，行路龙钟，她显然没有自备铁壶；即使自备了，她也无法使用。我们的开水壶一提上车，她就颤巍巍地走了过来，手里拿着一个杯子，说着中国话："开开水！开开水！"我们心领神会，把她的杯子倒满开水，一笑而别。从此一天三顿饭，顿顿如此。看来她这个"老外"，这个外国"资产阶级"，并不比我们更有钱。她也不到餐车里去吃牛排、罗宋汤，没有大把地挥霍着美金。

说到牛排，我们虽然没有吃到，却是看到了。有一天，吃中饭的时候，忽然从餐车里走出来了一个俄国女餐车服务员，身材高大魁梧，肥胖有加，身穿白色大褂，头戴白布高帽子，至少有一尺高，帽顶几乎触到车厢的天花板，却足蹬高跟鞋，满面春风，而又威风凛凛，得得地走了过来，宛如一个大将军，八面威风。右手托着一个大盘子，里面摆满新出锅的炸牛排，肉香四溢，透人鼻官，确实有极大的诱惑力，让人馋涎欲滴。但是，一问价钱，却吓人一跳：每块三美元。我们这个车厢里，没有一个人肯出三美元一快朵颐的。这位女"大将军"托着盘子，走了一趟，又原盘托回。她是不是鄙视我们这些外国资产阶级呢？她是不是会在心里想：你们这些人个个赛过莎士比亚《威尼斯商人》中的吝啬鬼夏洛克呢？我不知道。这一阵香风过后，我们的肚子确已饿了，赶快拿出篮子，大啃其"裂巴"。

我们吃的问题大体上就是这个样子。你想了解俄国人怎样吃饭吗？他们同我们完全不一样，这是可想而知的。他们绝不会从中国的哈尔滨带一篮子食品来，而是就地取材。我在上面提到过，我们中国学生的两间车厢里，有两个铺位不属于我们，而是经常换人。有一天进来了一个红军军官，我们不懂苏联军官的肩章，不知道他是什么爵位。可是他颇为和蔼可亲，一走进车厢，用蓝色的眼睛环视了一下，笑着点了点头。我们也报之以微笑，但是跟他"不明白"，只能打手势来说话。他从怀里拿出来了一个身份证之类的小本子，里面有他的相片，他打着手势告诉我们，如果把这个证丢了，他用右手在自己脖子上做杀头状，那就是要杀头的。这个小本子神通广大。每到一个大站，他就拿着它走下车去，到什么地方领到一份"裂巴"，还有奶油、奶酪、香肠之类的东西，走回车厢，大嚼一顿。红军的供给制度大概就是这个样子。

车上的吃喝问题就是这样解决的。谈到拉撒，却成了天大的问题。一节列车供着四五十口子人，却只有两间厕所。经常是人满为患。我每天往往是很早就起来排队。有时候自己觉得已经够早了，但是推门一看，却已有人排成了长龙，赶紧加入队伍中，望眼欲穿地看着前面。你想，一个人刷牙洗脸，再加上大小便，会用多少时间呀。如果再碰上一个患便秘的人，情况就会更加严重。自己肚子里的那些东西蠢蠢欲动，前面的队伍却不见缩短，这是什么滋味，一想就可以知道了。

但是，车上的生活也不全是困难，也有愉快的一面。我们六个中国学生一般都是挤坐在一间车厢里。虽然在清华大学时都是同学，但因行当不同，接触并不多。此时却被迫聚在一起，几乎都成了推心置腹的朋友。我们闲坐无聊，便上天下地，胡侃一通。我们都是二十三四岁的大孩子，阅世未深，每个人眼前都是一个未知的世界，堆满了玫瑰花，闪耀着彩虹。我们的眼睛是亮的，心是透明的，说起话来，一无顾忌，二无隔阂，从来没有谈不来的时候，小小的车厢里，其乐融融。也有一时无话可谈的时候，我们就下象棋。物理学家王竹溪是此道高手。我们五个人，单个儿跟他下，一盘输，二盘输，三盘四盘，甚至更多的盘，反正总是输。后来我们联合起来跟他下，依然是输，输，输。哲学家乔冠华的哲学也帮不了他。在车上的八九天中，我们就没有胜过一局。

  侃大山和下象棋，觉得乏味了，我就凭窗向外看。万里长途，车外风光变化不算太大。一般都只有大森林，郁郁葱葱，好像是无边无际。林中的产品大概是非常丰富的。有一次，我在一个森林深处的车站下了车，到站台上去走走。看到一个苏联农民提着一篮子大松果来兜售，松果实在大得令人吃惊，非常可爱。平生从来没有见到过的，我抵抗不住诱惑，拿出了五角美元，买了一个。这是我在西伯利亚唯一的一次买东西，是无法忘记的。除了原始森林以外，还有大草原，不过似乎不多。留给我印象最深的是贝加尔湖。我们的火车绕行了这个湖的一多半，用了将近半天的时间。山洞一个接一个，不知道究竟钻过几个山洞。山上丛林密布，一翠到顶。铁路就修在岸边上，从火车上俯视湖水，了若指掌。湖水碧绿，靠岸处清可见底，渐到湖心，则转成深绿色，或者近乎黑色，下面深不可测，真是天下奇景。直到今天，我一闭眼睛，就能见到。

  就这样，我们在车上，既有困难，又有乐趣，一转眼，就过去了八天，于9月14日晚间，到了莫斯科。

哥廷根

我于1935年10月31日,从柏林到了哥廷根。原来只打算住两年,焉知一住就是十年整。住的时间之长,在我的一生中,仅次于济南和北京,成为我的第二故乡。

哥廷根是一个小城,人口只有十万,而流转迁移的大学生有时会到二三万人,是一个典型的大学城。大学已有几百年的历史,德国学术史和文学史上许多显赫的名字,都与这所大学有关。以他们的名字命名的街道,到处都是,让你一进城,就感到洋溢全城的文化气和学术气,仿佛是一个学术乐园、文化净土。

哥廷根素以风景秀丽闻名全德。东面山林密布,一年四季,绿草如茵。即使冬天下了雪,绿草埋在白雪下,依然翠绿如春。此地冬天不冷,夏天不热,从来没遇到过大风。既无扇子,也无蚊帐,苍蝇、蚊子成了稀有动物，跳蚤、臭虫更是闻所未闻。街道洁净得邪性，你躺在马路上打滚，绝不会沾上任何一点尘土。家家的老太婆用肥皂刷洗人行道，已成为家常便饭。在城区中心，房子都是中世纪的建筑，至少四五层。人们置身其中，仿佛回到了中世纪去。古代的城墙仍然保留着，上面长满了参天的橡树。我在清华念书时，喜欢读德国短命抒情诗人荷尔德林（Hölderlin）的诗歌，他似乎非常喜欢橡树，诗中经常提到它。可是我始终不知道，橡树是什么样子。今天于无意中遇之，喜不自胜。此后，我常常到古城墙上来散步，在橡树的浓荫里，四面寂无人声，我一个人静坐沉思，成为哥廷根十年生活中最有诗意的一件事，至今忆念难忘。

我初到哥廷根时，人地生疏。老学长乐森璕先生到车站去接我，并且给我安排好了住房。房东姓欧朴尔（Oppel），老夫妇俩，只有一个儿子。儿子大了，到外城去上大学，就把他住的房间租给我。男房东是市政府的一个工程师，一个典型的德国人，老实得连话都不大肯说。女房东大约有五十岁，是一个典型的德国家庭妇女，受过中等教育，能欣赏德国文学，喜欢德国古典音乐，趣味偏于保守，一提到爵士乐，就满脸鄙夷的神气，冷笑不止。她有德国妇女的一切优点：善良、正直，能体贴人，有同情心。但也有一些小小的不足之处，比如，她有一个最好的朋友，一个寡妇，两个人经常来往。有一回，她这位女友看到她新买的一顶帽子，喜欢得不得了，想照样买上一顶,她就大为不满,对我讲了她对这位女友的许多不满意的话。原来西方妇女——在某些方面,男人也一样——绝对不允许别人戴同样的帽子,穿同样的衣服。这一点我们中国人无论如何也是难以理解的。从这里可以看出,我这位女房东小市民习气颇浓。然而,瑕不掩瑜,她是我生平遇到的最好的妇女之一,善良得像慈母一般。

我就是在这样一个只有一对老夫妇的德国家庭里住了下来,同两位老人晨昏相聚,成为这个家庭的一员,一住就是十年,没有搬过一次家。我在这里先交代这个家庭的一般情况,细节以后还要谈到。

我初到哥廷根时的心情怎样呢?为了真实起见,我抄一段我到哥廷根后第二天的日记:

终于又来到哥廷根了。这以后,在不安定的漂泊生活里会有一段比较长一点的安定的生活。我平常是喜欢做梦的,而且我还自己把梦涂上种种的彩色。最初我做到德国来的梦,德国是我的天堂,是我的理想国。我幻想德国有金黄色的阳光,有 Wahrheit(真),有 Schönheit(美)。我终于把梦捉住了,我到了德国。然而得到的是失望和空虚。我的一切希望都泡影似的幻化了去。然而,立刻又有新的

遍历山河，人间值得

梦浮起来。我梦想，我在哥廷根，在这比较长一点的安定的生活里，我能读一点书，读点古代有过光荣而这光荣将永远不会消灭的文字。现在又终于到了哥廷根了。我不知道我能不能捉住这梦。其实又有谁能知道呢？

1935 年 11 月 1 日

从这一段日记里可以看出，我当时眼前仍然是一片迷茫，还没有找到自己要走的道路。

道路终于找到了

在哥廷根,我要走的道路终于找到了,我指的是梵文的学习。这条道路,我已经走了将近六十年,今后还将走下去,直到不能走路的时候。

这条道路同哥廷根大学是分不开的,因此我在这里要讲讲大学。

我在上面已经对大学介绍了几句,因为,要想介绍哥廷根,就必须介绍大学。我们甚至可以说,哥廷根之所以成为哥廷根,就是因为有这一所大学。这所大学创建于中世纪,至今已有几百年的历史,是欧洲较为古老的大学之一。它共有五个学院:哲学院、理学院、法学院、神学院、医学院。一直没有一座统一的建筑,没有一座统一的大楼。各个学院分布在全城各个角落,研究所更是分散得很,许多大街小巷,都有大学的研究所。学生宿舍更没有大规模的。小部分学生住在各自的学生会中，绝大部分分住在老百姓家中。行政中心叫 Aula，楼下是教学和行政部门。楼上是哥廷根科学院。文法学科上课的地方有两个：一个叫大讲堂（Auditorium），一个叫研究班大楼（Seminargebäude）。白天，大街上走的人中有一大部分是到各地上课的男女大学生，熙熙攘攘，煞是热闹。

在历史上，大学出过许多名人。德国最伟大的数学家高斯（Gauss），就是这个大学的教授。在高斯以后，这里还出过许多大数学家。从 19 世纪末起，一直到我去的时候，这里公认是世界数学中心。当时当代最伟大的数学家大卫·希尔伯特（David Hilbert）虽已退休，但还健在。他对中国学生特别友好。我曾在一家书店里遇到过他，他走上前来，跟我打招呼。除了数学以外，理科学科中的物理、化学、天文、气象、地质等，教授阵容都极强大。有几位诺贝尔奖金获得者在这里任教。蜚声全球的化学家 A. 温道斯（A. Windaus）就是其中之一。

文科教授的阵容，同样也是强大的。在德国文学史和学术史上占有重要地位的格林兄弟，都在哥廷根大学呆过。他们的童话流行全世界，在中国也可以说是家喻户晓。他们的大字典，一百多年以后才由许多德国专家编纂完成，成为德国语言研究中的一件大事。

哥廷根大学文理科的情况大体就是这样。

在这样一座面积虽不大但对我这样一个异域青年来说仍然像迷宫一样的大学城里，要想找到有关的机构，找到上课的地方，实际上是并不容易的。如果没有人协助、引路,那就会迷失方向。我三生有幸,找到了这样一个引路人,这就是章用。章用的父亲是鼎鼎大名的"老虎总长"章士钊。曾外祖父是在朝鲜统兵抗日的吴长庆。母亲是吴弱男,曾做过孙中山的秘书,名字见于钱基博的《现代中国文学史》。总之,他出身于世家大族,书香名门。但却同我在柏林见到的那些"衙内"完全不同,一点纨绔习气也没有。他毋宁说是有点孤高自赏,一身书生气。他家学渊源,对中国古典文献有湛深造诣,能写古文,作旧诗。却偏又喜爱数学,于是来到了哥廷根这个世界数学中心,读博士学位。我到的时候,他已经在这里住了五六年,老母吴弱男陪儿子住在这里。哥廷根的中国留学生本来只有三四人。章用脾气孤傲,不同他们来往。我因从小喜好杂学,读过不少的中国古典诗词,对文学、艺术、宗教等有自己的一套看法。乐森璕先生介绍我认识了章用,经过几次短暂的谈话,简直可以说是一见如故,情投意合。他也许认为我同那些言语乏味、面目可憎的中国留学生迥乎不同,所以立即垂青,心心相印。他赠过一首诗:

空谷足音一识君,

相期诗伯苦相薰。

体裁新旧同尝试,

胎息中西沐见闻。

遍历山河，人间值得

胸宿赋才俟物与，

气嘘大笔发清芬。

千金敞帚孰轻重，

后世凭猜定小文。

可见他的心情。我也认为，像章用这样的人，在柏林中国饭馆里面是绝对找不到的，所以也很乐于同他亲近。章伯母有一次对我说："你来了以后，章用简直像变了一个人。他平常是绝对不去拜访人的，现在一到你家，就老是不回来。"我初到哥廷根，陪我奔波全城，到大学教务处，到研究所，到市政府，到医生家里，等等，注册选课，办理手续的，就是章用。他穿着那一身黑色的旧大衣，动摇着瘦削不高的身躯，陪我到处走。此情此景，至今宛然如在眼前。

他带我走熟了哥廷根的路，但我自己要走的道路还没能找到。

我在上面提到，初到哥廷根时，就有意学习古代文字。但这只是一种朦朦胧胧的想法，究竟要学习哪一种古文字，自己并不清楚。在柏林时，汪殿华曾劝我学习希腊文和拉丁文，认为这是当时祖国所需要的。到了哥廷根以后，同章用谈到这个问题，他劝我只读希腊文，如果兼读拉丁文，两年时间来不及。在德国中学里，要读八年拉丁文，六年希腊文。文科中学毕业的学生，个个精通这两种欧洲古典语言，我们中国学生完全无法同他们在这方面竞争。我经过初步考虑，听从了他的意见。第一学期选课，就以希腊文为主。德国大学是绝对自由的。只要中学毕业，就可以愿意入哪个大学，就入哪个，不懂什么叫入学考试。入学以后，愿意入哪个系，就入哪个；愿意改系，随时可改；愿意选多少课，选什么课，悉听尊便。学文科的可以选医学、神学的课；也可以只选一门课，或者选十门、八门。上课时，愿意上就上，不愿意上就走；迟到早退，完全自由。从来没有课堂考试。有的课开课时需要教授签字，这叫开课前的报到（Anmeldung），学生就拿课程登记簿（Studienbuch）请教授签；有的在结束时还需要教授签字，这叫课程结束时的教授签字（Abmeldung）。此时，学生与教授可以说是没有多少关系。有的学生，初入大学时，一学年，或者甚至一学期换一个大学。几经转学，二三年以后，选中了自己满意的大学，满意的系科，这时才安定住下，同教授接触，请求参加他的研究班；经过一两个研究班，师生互相了解了，教授认为孺子可教，才给博士论文题目。再经过几年努力写作，教授满意了，就举行论文口试答辩，及格后就能拿到博士学位。在德国，是教授说了算，什么院长、校长、部长都无权干预教授的决定。如果一个学生不想作论文，绝没有人强迫他。只要自己有钱，他可以十年八年地念下去。这就叫作"永恒的学生"（Ewiger Student），是一种全世界所无的稀有动物。

我就是在这样一种绝对自由的气氛中，在第一学期选了希腊文。

另外又杂七杂八地选了许多课,每天上课六小时。我的用意是练习听德文,并不想学习什么东西。

我选课虽然以希腊文为主,但是学习情绪时高时低,始终并不坚定。第一堂课印象就不好。1935年12月5日日记中写道:

> 上了课,Rabbow的声音太低,我简直听不懂。他也不问我,如坐针毡,难过极了。下了课走回家来的时候,痛苦啃着我的心——我在哥廷根做的唯一的美丽的梦,就是学希腊文。然而,照今天的样子看来,学希腊文又成了一种绝大的痛苦。我岂不将要一无所成了吗?

日记中这样动摇的记载还有多处,可见信心之不坚。其间,我还自学了一段时间的拉丁文。最有趣的是,有一次自己居然想学古埃及文。心情之混乱可见一斑。

这都说明,我还没有找到要走的路。

至于梵文,我在国内读书时,就曾动过学习的念头。但当时国内没有人教梵文,所以愿望没有能实现。来到哥廷根,认识了一位学冶金学的中国留学生湖南人龙丕炎(范禹),他主攻科技,不知道为什么却学习过两个学期的梵文。我来到时,他已经不学了,就把自己用的施滕茨勒(Stenzler)著的一本梵文语法书送给了我。我同章用也谈过学梵文的问题,他鼓励我学。于是,在我选择道路徘徊踟蹰的混乱中,又增加了一层混乱。幸而这混乱只是暂时的,不久就从混乱的阴霾中流露出来了阳光。12月16日日记中写道:

> 我又想到我终于非读 Sanskrit(梵文)不行。中国文化受印度文化的影响太大了。我要对中印文化关系彻底研究一下,或能有所发明。在德国能把想学的几种文字学好,也就不虚此行了,尤其是 Sanskrit,回国后再想学,不但没有那样的机会,也没有那样的人。

第二天的日记中又写道:

> 我又想到 Sanskrit,我左想右想,觉得非学不行。

1936年1月2日的日记中写道:

> 仍然决意读 Sanskrit。自己兴趣之易变,使自己都有点吃惊了。决意读希腊文的时候,自己发誓而且希望,这次不要再变了,而且自己也坚信不会再变了,但终于又变了。我现在仍然发誓而且希望不要再变了。再变下去,会一无

所成的。不知道 Schicksal（命运）可能允许我这次坚定我的信念吗？

我这次的发誓和希望没有落空，命运允许我坚定了我的信念。

我毕生要走的道路终于找到了，我沿着这一条道路一走走了半个多世纪，一直走到现在，而且还要走下去。

哥廷根实际上是学习梵文最理想的地方。除了上面说到的城市幽静，风光旖旎之外，哥廷根大学有悠久的研究梵文和比较语言学的传统。19世纪上半叶研究《五卷书》的一个转译本《卡里来和迪木乃》的大家、比较文学史学的创建者本发伊（T. Benfey）就曾在这里任教。19世纪末弗朗茨·基尔霍恩（Franz Kielhorn）在此地任梵文教授。接替他的是海尔曼·奥尔登堡（Hermann Oldenberg）教授。奥尔登堡教授的继任人是读通吐火罗文残卷的大师西克教授。1935年，西克退休，瓦尔德施密特接掌梵文讲座。这正是我到哥廷根的时候。被印度学者誉为活着的最伟大的梵文家雅可布·瓦克尔纳格尔（Jakob Wackernagel）曾在比较语言学系任教。真可谓梵学天空，群星灿列。再加上大学图书馆，历史极久，规模极大，藏书极富，名声极高，梵文藏书甲德国，据说都是基尔霍恩从印度搜罗到的。这样的条件，在德国当时，是无与伦比的。

我决心既下，1936年春季开始的那一学期，我选了梵文。4月2

日,我到高斯-韦伯楼东方研究所去上第一课。这是一座非常古老的建筑。当年大数学家高斯和大物理学家韦伯(Weber)试验他们发明的电报,就在这座房子里,它因此名扬全球。楼下是埃及学研究室,巴比伦、亚述、阿拉伯文研究室。楼上是斯拉夫语研究室,波斯、土耳其语研究室和梵文研究室。梵文课就在研究室里上。这是瓦尔德施密特教授第一次上课,也是我第一次同他会面。他看起来非常年轻。他是柏林大学梵学大师海因里希·吕德斯(Heinrich Lüders)的学生,是研究新疆出土的梵文佛典残卷的专家,虽然年轻,已经在世界梵文学界颇有名声。可是选梵文课的却只有我一个学生,而且还是外国人。虽然只有一个学生,他仍然认真严肃地讲课,一直讲到四点才下课。这就是我梵文学习的开始。研究所有一个小图书馆,册数不到一万,然而对一个初学者来说,却是应有尽有。最珍贵的是奥尔登堡的那一套上百册的德国和世界各国梵文学者寄给他的论文汇集,分门别类,装订成册,大小不等,语言各异。如果自己去搜集,那是无论如何也不会这样齐全的,因为有的杂志非常冷僻,到大图书馆都不一定能查到。在临街的一面墙上,在镜框里贴着德国梵文学家的照片,有三四十人之多。从中可见德国梵学之盛。这是德国学术界十分值得骄傲的地方。

我从此就天天到这个研究所来。

我从此就找到了我真正想走的道路。

遍历山河，人间值得

完成学业尝试回国

精神是苦闷的，形势是严峻的；但是我的学业仍然照常进行。

在我选定的三个系里，学习都算是顺利。主系梵文和巴利文，第一学期，瓦尔德施密特教授讲梵文语法，第二学期就念梵文原著《那罗传》，接着读迦梨陀娑的《云使》等。从第五学期起，就进入真正的Seminar（讨论班），读中国新疆吐鲁番出土的梵文佛经残卷，这是瓦尔德施密特教授的拿手好戏，他的老师H.吕德斯（H. Lüders）和他自己都是这方面的权威。第六学期开始，他同我商量博士论文的题目，最后定为研究《大事》（Mahāvastu）偈陀部分的动词变化。我从此就在上课教课之余，利用一切可利用的时间，啃那厚厚的三大册《大事》。第二次世界大战爆发后不久，我的教授被征从军。已经退休的西克教授，以垂暮之年，出来代替他上课。西克教授真正是诲人不倦,第一次上课他就对我郑重宣布:他要把自己毕生最专长的学问,统统地毫无保留地全部传授给我,一个是《梨俱吠陀》,一个是印度古典语法《大疏》,一个是《十王子传》,最后是吐火罗文,他是读通了吐火罗文的世界大师。就这样,在瓦尔德施密特教授从军期间,我就一方面写论文,一方面跟西克教授上课。学习是顺利的。

一个副系是英国语言学,另一个副系是斯拉夫语言学,我也照常上课,这些课也都是顺利的。

专就博士论文而论,这是学位考试至关重要的一项工作。教授看学生的能力,也主要是通过论文。德国大学对论文要求十分严格,题目一般都不大,但必须有新东西才能通过。有的中国留学生在德国已经待了六七年,学位始终拿不到,关键就在于论文。章用就是一个例子,一个姓叶的留学生也碰到了相同的命运。我的论文题目定下来以后,我积极写作,到了1940年,已经基本写好。瓦尔德施密特从军期间,西克也对我加以指导。瓦尔德施密特回家休假,我就把论文送给他看。我自己不会打字,帮我打字的是迈耶(Meyer)家的大女儿伊姆加德(Irmgard),一位非常美丽的女孩子。这一年的秋天,我天天晚上到她家去。因为梵文字母拉丁文转写,符号很多,穿靴戴帽,我必须坐在旁边,才不致出错。9月13日,论文打完。事前已经得到瓦尔德施密特的同意。10月9日,把论文交给文学院院长戴希格雷贝尔(Deichgräber)教授。德国规矩,院长安排口试的日期，而院长则由最年轻的正教授来担任。戴希格雷贝尔是希腊文、拉丁文教授，是刚被提升为正教授的。按规矩本应该三个系同时口试。但是瓦尔德施密特正值休假回家，不能久等，英文教授勒德尔（Roeder）却有病住院，在 1940 年 12 月 23 日口试时，只有梵文和斯拉夫语言学，英文以后再补。我这一天的日记是这样写的：

早晨五点就醒来。心里只是想到口试，再也睡不着。七点起来，吃过早点，又胡乱看了一阵书，心里极慌。

九点半到大学办公处去。走在路上，像待决的囚徒。十点多开始口试。Prof. Waldschmidt（瓦尔德施密特教授）先问，只有 Prof. Deichgräber（戴希格雷贝尔教授）坐在旁边。Prof. Braun（布劳恩教授）随后才去。主科进行得异常顺利。但当 Prof. Braun 开始问的时候，他让我预备的全没问到。我心里大慌。他的问题极简单，简直都是常识。但我还不能思维，颇呈慌张之相。

十二点下来，心里极难过。此时，及格不及格倒不成问题了。

我考试考了一辈子，没想到在这最后一次考试时，自己竟会这样慌张。第二天的日记：

心绪极乱。自己的论文不但 Prof. Sieg、Prof. Waldschmidt 认为极好，就连 Prof. Krause 也认为难得，满以为可以做一个很好的考试；但昨天俄文口试实在不佳。我所知道的他全不问，问的全非我所预备的。到现在想起来，心里还极难过。

这可以说是昨天情绪的余波。但是当天晚上：

七点前到 Prof. Waldschmidt 家去，他请我过节（羨林按：指圣诞节）。飘着雪花，但不冷。走在路上，心里只是想到昨天考试的结果，我一定要问他一问。一进门，他就向我恭喜，说我的论文是 sehr gut（优），印度学（Indologie）sehr gut，斯拉夫语言也是 sehr gut。这实在出我意料，心里对 Prof. Braun 发生了无穷的感激。

他的儿子先拉提琴，随后吃饭。吃完把圣诞树上的蜡烛都点上，喝酒，吃点心，胡乱谈一气。十点半回家，心里仍然想到考试的事情。

到了第二年 1941 年 2 月 19 日，勒德尔教授病愈出院，补英文口试，瓦尔德施密特教授也参加了，我又得了一个 sehr gut。连论文加口试，共得了四个 sehr gut。我没有给中国人丢脸，可以告慰我亲爱的祖国，也可以告慰母亲在天之灵了。博士考试一幕就此结束。

至于我的博士论文，当时颇引起了一点轰动。轰动主要来自Prof. Krause（克劳泽教授）。他是一位蜚声世界的比较语言学家，是一位非凡的人物，自幼双目失明，但有惊人的记忆力，过耳不忘，像照相机那样准确无误。他能掌握几十种古今的语言，北欧几种语言他都能说。上课前，只需别人给他念一遍讲稿，他就能几乎是一字不差地讲上两个小时。他也跟西克教授学过吐火罗语，他的大著（《西吐火罗语语法》）被公认为能够跟西克、西格灵（Siegling）、舒尔策（Schulze）的吐火罗语语法媲美。他对我的博士论文中关于语尾 mathe 的一段附录，给予了极高的评价，因为据说在古希腊文中有类似的语尾，这种偶合对研究印欧语系比较语言学有突破性的意义。1941 年 1 月 14 日我的日记中有下列一段话：

> Hartmann（哈特曼）去了。他先祝贺我的考试，又说：Prof. Krause 对我的论文赞不绝口，关于 Endung matha（动词语尾 matha）简直可以说是一个重要的发现。他立刻抄了出来，说不定从这里还可以得到有趣的发明。这些话伯恩克（Boehncke）小姐已经告诉过我。我虽然也觉得自己的论文并不坏，但并不以为有什么不得了。这样一来，自己也有点飘飘然起来了。

关于口试和论文，就写这样多。因为这是我留德十年中比较重要的问题，所以写多了。

我为什么非要取得一个博士学位不行呢？其中原因有的同一般人一样，有的则可能迥乎不同。中国近代许多大学者，比如王国维、梁启超、陈寅恪、郭沫若、鲁迅等，都没有什么博士头衔，但都是学术史上有地位的。这一点我是知道的。可这些人都是不平凡的天才，博士头衔对他们毫无用处。但我扪心自问，自己并不是这种人，我从不把自己估计过高，我甘愿当一个平凡的人，而一个平凡的人，如果没有金光闪闪的博士头衔，则在抢夺饭碗的搏斗中必然是个失败者。这可以说是动机之一，但是还有之二。我在国内时对某一些趾高气扬不可一世的留学生看不顺眼，窃以为他们也不过在外国炖了几年牛肉，一旦回国，在非留学生面前就摆起谱来了。但自己如果不也是留学生，则一表示不平，就会有人把自己看成一个吃不到葡萄而说葡萄酸的狐狸。我为了不当狐狸，必须出国，而且必须取得博士学位。这个动机，说起来十分可笑，然而却是真实的。多少年来，博士头衔就像一个幻影，飞翔在我的眼前，或近或远，或隐或显。有时候近在眼前，似乎一伸手就可以抓到；有时候又远在天边，可望而不可即；有时候熠熠闪光；有时候又晦暗不明。这使得我时而兴会淋漓，时而又垂头丧气。一个平凡人的心情，就是如此。

现在多年的夙愿终于实现了，我立即又想到自己的国和家。山

遍历山河，人间值得

川信美非吾土，漂泊天涯胡不归。适逢1942年德国政府承认了南京汉奸汪记政府，国民政府的公使馆被迫撤离，撤到瑞士去。我经过仔细考虑，决定离开德国，先到瑞士去，从那里再设法回国。我的初中同班同学张天麟那时住在柏林，我想去找他，看看有没有办法可想。决心既下，就到我认识的师友家去辞行。大家当然都觉得很可惋惜，我心里也充满了离情别绪。最难过的一关是我的女房东。此时男房东已经故去，儿子结了婚，住在另外一个城市里。我是她身边唯一的一个亲人，她是拿我当儿子来看待的。回忆起来她丈夫逝世的那一个深夜，是我跑到大街上去叩门找医生，回家后又伴她守尸的。如今我一旦离开，五间房子里只剩下她孤身一人，冷冷清清，戚戚惨惨，她如何能忍受得了！她一听到我要走的消息，立刻放声痛哭。我一想到相处七年，风雨同舟，一旦诀别，何日再见？也不禁热泪盈眶了。

到了柏林以后，才知道，到瑞士去并不那么容易。即便到了那里，也难以立即回国。看来只能留在德国了。此时战争已经持续了三年。虽然小的轰炸已经有了一些，但真正大规模的猛烈的轰炸还没有开始。在柏林，除了食品短缺外，生活看上去还平平静静；大街上仍然是车水马龙，行人熙攘，脸上看不出什么惊慌的神色。我抽空去拜访了大教育心理学家施普兰格尔（E. Spranger）。又到普鲁士科学院去访问西克灵教授，他同西克教授共同读通了吐火罗文。我读他的书已经有些年头了，只是从未晤面。他看上去非常淳朴老实、木讷寡言，在战争声中仍然伏案苦读，是一个典型的德国学者。就这样，我在柏林住了几天，仍然回到了哥廷根，时间是1942年10月30日。

我一回到家，女房东仿佛凭空拣了一只金凤凰，喜出望外。我也仿佛有游子还家的感觉。回国既已无望，我只好随遇而安，丢掉一切不切实际的幻想，同德国"共存亡"，同女房东共休戚了。

我又恢复了七年来的刻板单调的生活。每天在家里吃过早点，就到高斯-韦伯楼梵文研究所去，在那里一直工作到中午。午饭照例在外面饭馆子里吃，吃完仍然回到研究所。我现在已经不再是学生，办完了退学手续，专任教员了。我不需要再到处跑着去上课，只是有时到汉学研究所去给德国学生上课。主要精力用在自己读书和写作上。我继续钻研佛教混合梵语，沿着我的博士论文所开辟的道路前进。除了肚子饿和间或有的空袭外，生活极有规律，极为平静。研究所对面就是大学图书馆，我需要的大量的有时甚至极为稀奇古怪的参考书，这里几乎都有，真是一个理想的学习和写作的环境。因此，我的写作成果是极为可观的。在博士后的五年内，我写了几篇相当长的论文，刊登在哥廷根科学院院刊上，自谓每一篇都有新的创见；直到今天，已经过了将近半个世纪，还不断有人引用。这是我毕生学术生活的黄金时期，从那以后再没有过了。

日子虽然过得顺利，平静。但也不能说，一点波折都没有。德国法西斯政府承认了汪伪政府。这就影响到我们中国留学生的居留问题：护照到了期，到哪里去请求延长呢？这个护照算是哪一个国家的使馆签发的呢？这是一个事关重大又亟待解决的问题。我同张维等几个还留在哥廷根的中国留学生，严肃地商议了一下，决意到警察局去宣布自己为无国籍者。这在国际法上是可以允许的。所谓"无国籍者"就是对任何国家都没有任何义务，但同时也不受任何国家的保护。其中是有一点风险的，然而事已至此，只好走这一步了。从此我们就变成了像天空中的飞鸟一样的人，看上去非常自由自在，然而任何人都能伤害它。

事实上，并没有任何人伤害我们。在轰炸和饥饿的交相压迫下，我的日子过得还算是平静的。我每天又机械地走过那些我已经走了七年的街道，我熟悉每一座房子，熟悉每一棵树。即使闭上眼睛，我也绝不会走错了路。但是，一到礼拜天，就到了我难过的日子。我仍然习惯于一大清早就到席勒草坪去，脚步不由自主地向那个方向转。席勒草坪风光如故，面貌未改，仍然是绿树四合，芳草含翠。但是，此时我却是形单影只，当年那几个每周必碰头的中国朋友，都已是天各一方，世事两茫茫了。

我感到凄清与孤独。

别哥廷根

是我要走的时候了。

是我离开德国的时候了。

是我离开哥廷根的时候了。

我在这座小城里已经住了整整十年了。

中国古代俗语说：千里凉棚，没有不散的筵席。人的一生就是这个样子。当年佛祖规定，浮屠不三宿桑下。害怕和尚在一棵桑树下连住三宿，就会产生留恋之情。这对和尚的修行不利。我在哥廷根住了不是三宿，而是三宿的一千二百倍。留恋之情，焉能免掉？好在我是一个俗人，从来也没有想当和尚，不想修仙学道，不想涅槃，西天无分，东土有根。留恋就让它留恋吧！但是留恋毕竟是有限期的。我是一个有国有家有父母有妻子的人，是我要走的时候了。

遍历山河，人间值得

回忆十年前我初来时，如果有人告诉我：你必须在这里住上五年，我一定会跳起来的：五年还了得呀！五年是一千八百多天呀！然而现在，不但过了五年，而且是五年的两倍。我一点也没有感觉到有什么了不得。正如我在本书开头时说的那样，宛如一场缥缈的春梦，十年就飞去了。现在，如果有人告诉我：你必须在这里再住上十年。我不但不会跳起来，而且会愉快地接受下来的。

然而我必须走了。

是我要走的时候了。

当时要想从德国回国，实际上只有一条路，就是通过瑞士，那里有国民政府的公使馆。张维和我于是就到处打听到瑞士去的办法。经多方探询，听说哥廷根有一家瑞士人。我们连忙专程拜访，是一位家庭妇女模样的中年妇人，人很和气。但是，她告诉我们，入境签证她管不了，要办，只能到汉诺威（Hannover）去。张维和我于是又搭乘公共汽车，长驱百余公里，赶到了这一地区的首府汉诺威。

汉诺威是附近最大最古的历史名城。我久仰大名，只是从没有来过。今天来到这里，我真正大吃一惊：这还算是一座城市吗？尽管从远处看，仍然是高楼林立；但是，走近一看，却只见废墟。剩下没有倒的一些断壁颓垣，看上去就像是古罗马留下来的斗兽场。马路还是有的，不过也布满了大大小小的弹坑。汽车有的已经恢复了行驶，不过数目也不是太多。引起我们注意的是马路两旁人行道上的情况。德国高楼建筑的格局，各大城市几乎都是一模一样：不管楼高多少层，最下面总有一个地下室，是名副其实地建筑在地下的。这里不能住人。住在楼上的人每家分得一二间，在里面贮存德国人每天必吃的土豆，以及苹果、瓶装的草莓酱、煤球、劈柴之类的东西。从来没有想到还会有别的用途的。

战争一爆发，最初德国老百姓轻信法西斯头子的吹嘘，认为英美飞机都是纸糊的，绝不能飞越德国国境线这个雷池一步，大城市里根本没有修建真正的防空壕洞。后来，大出人们的意料，敌人纸糊的飞机变成钢铁的了，法西斯头子们的吹嘘变成了肥皂泡了。英美的炸弹就在自己头上爆炸，不得已就逃入地下室躲避空袭。这当然无济于事。英美的重磅炸弹有时候能穿透楼层，在地下室中向上爆炸。其结果可想而知。有时候分量稍轻的炸弹，在上面炸穿了一层两层或多一点层的楼房，就地爆炸。地下室幸免于难，然而结果却更可怕。上面的被炸的楼房倒塌下来，把地下室严密盖住。活在里面的人，呼天天不应，叫地地不灵，这是什么滋味，我没有亲身经历，不愿瞎说。然而谁想到这一点，会不不寒而栗呢？最初大概还会有自己的亲人费上九牛二虎的力量，费上不知多少天的努力，把地下室中受难者亲属的尸体挖掘出来，弄到墓地里去埋掉。可是时间一久，轰炸一频繁，原来在外面的亲属说不定自己也被埋在什么地方的地下室，等待别人去挖尸体了，他们哪有可能来挖别人的尸体呢？但是，到了上坟的日子，幸存下来的少数人又不甘不给亲人扫墓，而亲人的墓地就是地下室。于是马路两旁高楼断壁之下的地下室外垃圾堆旁，就摆满了原来应该摆在墓地上的花圈。我们来到汉诺威看到的就是这些花圈，这种景象在哥廷根是看不到的。最初我是大感不解。了解了原因以后，我又感到十分吃惊，感到可怕，感到悲哀。据说地窖里的老鼠，由于饱餐人肉，营养过分丰富，长到一尺多长。德意志民族这样优秀伟大的民族，竟落到这个下场。我心里酸甜苦辣，万感交集，真想到什么地方去痛哭一场。

汉诺威的情况就是这个样子。这当然是狂轰滥炸时"铺地毯"的结果。但是，即使是地毯，也难免有点空隙。在这样的空隙中还幸存下少数大楼，里面还有房间勉强可以办公。于是在城里无房可住的人，晚上回到城外乡镇中的临时住处，白天就进城来办公。瑞士的驻汉诺威的代办处也设在这样一座楼房里。我们穿过无数的断壁残垣，找到办事处。因为我没有收到瑞士方面的正式邀请和批准，办事处说无法给我签发入境证。我算是空跑一趟。然而我却不但不后悔，而且还有点高兴：我于无意中得到一个机会，亲眼看一看所谓轰炸究竟真实情况如何。不然的话，我白白在德国住了十年，也自命经历过轰炸。哥廷根那一点轰炸，同汉诺威比起来，真如小巫见大巫。如没能看到真正的轰炸，将会抱恨终生了。

汉诺威是这样，其他比汉诺威更大的城市，比如柏林之类，被炸的情况略可推知。我后来听说，在柏林，一座大楼上面几层被炸倒以后，塌了下来，把地下室严严实实地埋了起来。地下室中有人在黑暗中赤手扒碎砖石，走运扒通了墙壁，爬到邻居的尚没有被炸的地下室中，钻了出来，重见天日。然而十个指头的上半截都已磨掉，血肉模糊了。没有这样走运的，则是扒而无成，只有呼叫。外面的人明明听到叫声，然而堆积如山的砖瓦碎石，一时无法清除，只能忍心听下去。最初叫声还高，后来则逐渐微弱，几天之后，一片寂静，结果可知。亲人们心里是什么滋味，他们是受到什么折磨，人们能想下去吗？有过这样一场经历，不入疯人院，则入医院。这样惨绝人寰的悲剧是号称"万物之灵"的人类自己亲手酿成的。难道不是这样的吗？

听到这些情况以后，我自然而然地就想到了原来的柏林，十年前和三年前我到过的柏林。十年前不必说了，就是在三年前，柏林是个什么样子呀！当时战争虽然已经爆发，柏林也已有过空袭，但是还没有被"铺地毯"，市面上仍然是繁华的，人们熙攘往来，还颇有一点劲头。然而转瞬之间，就几乎变成了一片废墟。这变化真是太大了。现在让我来描述这一个今昔对比的变化，我本非江郎，谈不到才尽，不过现在更加窘迫而已。在苦思冥想之余，我想出了一个偷巧的办法。我想借用中国古代词赋大家的文章，从中选出两段，一表盛，一表衰，来做今昔对比。时隔将近两千年，地距超过数万里，情况当然是完全不一样的。然而气氛则是完全一致的,我现在迫切需要的正是描述这种气氛。借古人的生花妙笔,抒我今日盛衰之感怀。能想出这样移花接木的绝妙好法,我自己非常得意,不知是哪一路神仙在冥中点化,使我获得"顿悟",我真想五体投地虔诚膜拜了。是否有文抄公的嫌疑呢?不,绝不。我是付出了劳动的,是我把旧酒装在新瓶中的,我是偷之无愧的。

下面先抄一段左太冲《蜀都赋》:

亚以少城,接乎其西。市廛所会,万商之渊。列隧百重,罗肆巨千。贿货山积,纤丽星繁。都人士女,袨服靓妆。贾贸鬻鬻,舛错纵横。异物崛诡,奇于八方。

上面列举了一些奇货。从这短短的几句引文里,也可以看出蜀都的繁华。这种繁华的气氛,同柏林留给我的印象是完全符合的。

我再从鲍明远的《芜城赋》里引一段:

观基扃之固护,将万祀而一君。出入三代,五百余载,竟瓜剖而豆分。泽葵依井,荒葛罥途。坛罗虺蜮,阶斗䴥鼯。……通池既已夷,峻隅又已颓。直视千里外,唯见起黄埃。凝思寂听,心伤已摧。

这里写的是一座芜城，实际上鲍照是有所寄托的。被炸得一塌糊涂的柏林，从表面上来看，与此大不相同。然而人们从中得到的感受又何其相似！法西斯头子们何尝不想"万祀而一君"。然而结果如何呢？所谓"第三帝国"被"瓜剖而豆分"了。现在人们在柏林看到的是断壁颓垣，"直视千里外，唯见起黄埃"了。据德国朋友告诉我，不用说重建，就是清除现在的垃圾也要用上五十年的时间。德国人"凝思寂听，心伤已摧"，不是很自然的吗？我自己在德国住了这么多年，看到眼前这种情况，我心里是什么滋味，也就概可想见了。

然而是我要走的时候了。

是我离开德国的时候了。

是我离开哥廷根的时候了。

我的真正的故乡向我这游子招手了。

一想到要走，我的离情别绪立刻就涌上心头。我常对人说，哥廷根仿佛是我的第二故乡。我在这里住了十年，时间之长，仅次于济南和北京。这里的每一座建筑，每一条街，甚至一草一木，十年来和我同甘共苦，共同度过了将近四千个日日夜夜。我本来就喜欢它们的，现在一旦要离别，更觉得它们可亲可爱了。哥廷根是个小城，全城每一个角落似乎都留下了我的足迹。我仿佛踩过每一粒石头子，

遍历山河，人间值得

不知道有多少商店我曾出出进进过，看到街上的每一个人都似曾相识。古城墙上高大的橡树、席勒草坪中芊绵的绿草、俾斯麦塔高耸入云的尖顶、大森林中惊逃的小鹿、初春从雪中探头出来的雪钟、晚秋群山顶上斑斓的红叶，等等，这许许多多纷然杂陈的东西，无不牵动我的情思。至于那一所古老的大学和我那一些尊敬的老师，更让我觉得难舍难分。最后但不是最小，还有我的女房东，现在也只得分手了。十年相处，多少风晨月夕，多少难以忘怀的往事，"当时只道是寻常"，现在却是可想而不可即，非常非常不寻常了。

然而我必须走了。

我那真正的故乡向我招手了。

我忽然想起了唐代诗人刘皂的《旅次朔方》那一首诗：

客舍并州已十霜，

归心日夜忆咸阳。

无端更度桑乾水，

却望并州是故乡。

别了，我的第二故乡哥廷根！

别了，德国！

什么时候我再能见到你们呢？

自成人间

那提心吊胆的一年

这已经是过去的事情了。现在旧事重提，好像是捡起一面古镜，用这一面古镜照一照今天，才更能显出今天的光彩焕发。

二十多年以前，我在大学里学习了四年西方语言文学以后，带着满脑袋的荷马、但丁、莎士比亚和歌德，回到故乡母校高级中学去当国文教员。

当我走进学校大门的时候，我的心情是复杂的。可以说是一则以喜，一则以惧。喜的是我终于抓到了一个饭碗，这简直是绝处逢生；惧的是我比较熟悉的那一套东西现在用不上了，现在要往脑袋里面装屈原、李白和杜甫。

从一开始接洽这个工作，我脑子里就有一个问号：在那找饭碗如登天的时代里，为什么竟有一个饭碗自动地送上门来？我预感到这里面隐藏着什么危险的东西。但是,没有饭碗,就吃不成饭。我抱着铤而走险的心情想试一试再说。到了学校,才逐渐从别人的谈话中了解到,原来是校长想把本校的毕业生组织起来,好在对敌斗争中为他助一臂之力。我是第一届甲班的毕业生,又捞到了一张一个著名的大学的毕业证书,因此就被他看中,邀我来教书。英文教员满了额,就只好让我教国文。

就教国文吧。我反正是瘸子掉在井里,捞起来也是坐。只要有人敢请我,我就敢教。

但是,问题却没有这样简单。我要教三个年级的三个班,备课要顾三头,而且都是古典文学作品。我小时候虽然念过一些《诗经》《楚辞》,但是时间隔了这样久,早已忘得差不多了。现在要教人,自己就要先弄懂。可是,真正弄懂又不是一件轻而易举的事情。现在教国文的同事都是我从前的教员。我本来应该而且可以向他们请教的。但是,根据我的观察,现在我们之间的关系变了:不再是师生,而是饭碗的争夺者。在他们眼中,我几乎是一个眼中钉。即使我问他们,他们也不会告诉我的。我只好一个人单干。我日夜抱着一部《辞源》,加紧备课。有的典故查不到,就成天半夜地绕室彷徨。窗外校园极美,正盛开着木槿花。在暗夜中,阵阵幽香破窗而入。整个宇宙都静了下来,只有我一人还不能宁静。我又仿佛为人所遗弃,很想到什么地方去哭上一场。

我的老师们也并不是全不关心他们的老学生。我第一次上课以前，他们告诉我，先要把学生的名字都看上一遍，学生名字里常常出现一些十分生僻的字，有的话就查一查《康熙字典》。如果第一堂就念不出学生的名字，在学生心目中这个教员就毫无威信，不容易当下去，影响到饭碗。如果临时发现了不认识的字，就不要点这个名。点完后只需问上一声："还有没点到名的吗？"那一个学生一定会举手站起来。然后再问一声："你叫什么名字呀？"他自己一报名，你也就认识了那一个字。如此等等，威信就可以保得十足。

这虽是小小的一招，我却是由衷感激。我教的三个班果然有几个学生的名字连《辞源》上都查不到。如果没有这一招，我的威信恐怕一开始就破了产，连一年教员也当不成了。

可是课堂上也并不总是平静无事。我的学生有的比我还大，从小就在家里念私塾，旧书念得很不少。有一个学生曾对我说："老师，我比你大五岁哩。"说罢嘿嘿一笑，我觉得里面有威胁，有嘲笑。比我大五岁，又有什么办法呢？我这老师反正还要当下去。

当时好像有一种风气：教员一定要无所不知。学生以此要求教员，教员也以此自居。在课堂上，教员绝不能承认自己讲错了，绝不能有什么问题答不出，否则就将为学生所讥笑。但是像我当时那样刚从外语系毕业的大娃娃教国文怎能完全讲对呢？怎能完全回答同学们提出来的问题呢？有时候，只好王顾左右而言他；被逼得紧了，就硬着头皮，乱说一通。学生究竟相信不相信，我不清楚。反正他们也不是傻子，老师究竟多轻多重，他们心中有数。我自己十分痛苦。下班回到寝室，思前想后，坐立不安。孤苦寂寥之感又突然袭来，我又仿佛为人们所遗弃，想到什么地方去哭上一场。

别的教员怎样呢？他们也许都有自己的烦恼，家家有一本难念的经。但是有几个人却是整天满面春风，十分愉快。我有时候也从别人嘴里听到一些风言风语，说某某人陪校长太太打麻将了，某某人给校长送礼了，某某人请校长夫妇吃饭了。

我立刻想到自己的饭碗，也想学习他们一下。但是，却来了问题：买礼物，准备酒席，都不是极困难的事情。可是，怎样送给人家呢？怎样请人家呢？如果只说："这是礼物，我要送给你。"或者："我要请你吃饭。"虽然也难免心跳脸红，但我自问还干得了。可是，这显然是不行的，事情并没有这样简单，一定还要耍一些花样。这就是我力所不能及的事情了。我在自己屋里，再三考虑，甚至自我表演，暗诵台词。最后，我只有承认，我在这方面缺少天才，只好作罢。我仿佛看到自己手里的饭碗已经有点飘动。我真想到什么地方去哭上一场。

就这样，半年过去了。到了放寒假的时候，一位河南籍的物理教员，因为靠山教育厅的一位科长垮了台，就要被解聘。校长已经托人暗示给他，他虽然没有出路，也只有忍痛辞职。我们校长听了，故意装得大为震惊，三番两次到这位教员屋里去挽留，甚至声泪俱下，最后还表示要与他共进退。我最初只是一位旁观者，站在旁边看校长的表演艺术，欣赏他的表演天才。但是，看来看去，我自己竟糊涂起来，我给校长的真挚态度所感动了。我也自动地变成演员，帮着校长挽留他。那位教员阅历究竟比我深，他不为所动，还是卷了铺盖。因为他知道，连他的继任人选都已经安排好了。

我又长了一番见识，暗暗地责备自己糊涂。同时，我也不寒而栗，将来会不会有一天校长也要同我"共进退"呢？

也就在这时候，校长大概逐渐发现，在我这个人身上，他失了眼力，看错了人。我到了学校以后，虽然也在别人的帮助（毋宁说是牵引）下，把高中毕业同学组织起来，并且被选为什么主席。但是，从那以后，就一点活动也没有。我确实不知道，应该活动一些什么。虽然我绞尽脑汁，办法就是想不出。这样当然就与校长原意相违了。他表面上待我还是客客气气。只是有一次在有意和无意之间他对我说道："你很安静。"什么叫作"安静"呢？别人恐怕很难体会这两个字的意思，我却是能体会的。我回到寝室，又绕室彷徨。"安静"两个字给我以大威胁。我的饭碗好像就与这两个字有关。我又仿佛为人所遗弃，想到什么地方去哭上一场。

春天早过，夏天又来，这正是中学教员最紧张的时候。在教员休息室里，经常听到一些窃窃私语："拿到了没有？"不用说拿到什么，大家都了解，这指的是下学期的聘书。有的神色自若，微笑不答。这都是有办法的人，与校长关系密切，或者属于校长的基本队伍。只要校长在，他们绝不会丢掉饭碗。有的就神色仓皇，举止失措。这样的人没有靠山，饭碗掌握在别人手里，命定是一年一度紧张。我把自己归入这一类。我的神色如何，自己看不见，但是心情自己是知道的。校长给我下的断语"安静"，我觉得，就已经决定了我的命运。但我还侥幸有万一的幻想，因此在仓皇中还有一点镇静。

但是，这镇静是不可靠的。我心里的滋味实际上同一年前大学将要毕业时差不多。我见了人，不禁也窃窃私语："拿到了没有？"我不喜欢那些神态自若的人。我只愿意接近那些神色仓皇的人，只有对这一些人我才有同病相怜之感。

这时候，校园更加美丽了。木槿花虽还开放，但已经长满了绿油油的大叶子。玫瑰花开得一丛一丛的，池塘里的水浮莲已经开出黄色的花朵。"小园香径独徘徊"，是颇有诗意的。可惜我什么诗意都没有。我耳边只有一个声音："拿到了没有？"我觉得，大地茫茫，就是没有我的容身之处。我又想到什么地方去哭上一场。

这事情已经过去了二十多年。但是，每一回忆起那提心吊胆的情况，就历历如在眼前，我真是永世难忘。现在把它写了出来，算

自成人间

是送给今年毕业同学的一件礼物,送给他们一面镜子。在这里面,可以照见过去与现在,可以照出自己应该走的道路。

1963 年 7 月 21 日

遍历山河，人间值得

黎明前的北京

前后加起来，我在北京已经住了四十多年，算是一个老北京了。北京的名胜古迹，北京的妙处，我应该说是了解的；其他老北京当然也了解。但是有一点，我相信绝大多数的老北京并不了解，这就是黎明时分以前的北京。

多少年来，我养成了一个习惯：每天早晨四点在黎明以前起床工作。我不出去跑步或散步，而是一下床就干活儿。因此我对黎明前的北京的了解是在屋子里感觉到的。我从前在什么报上读过一篇文章，讲黎明时分天安门广场上的清洁工人。那情景必然是非常动人的，可惜我从未能见到，只是心向往之而已。

四十年前，我住在城里，在明朝曾经是特务机关的东厂里面。几座深深的大院子，在最里面三个院子里只住着我一个人。朋友们都说这地方阴森可怕，晚上很少有人敢来找我，我则怡然自得。每当夏夜，我起床以后，立刻就闻到院子里那些高大的马缨花树散发出来的阵阵幽香。这些香气破窗而入，我于此时神清气爽，乐不可支，连手中那一支笨拙的笔也仿佛生了花。

几年以后，我搬到西郊来住，照例四点起床，坐在窗前工作。白天透过窗子能够看到北京展览馆那金光闪闪的高塔的尖顶，此时当然看不到了。但是，我知道，即使我看不见它，它仍然在那里挺然耸入天空，仿佛想带给人以希望、以上进的劲头。我仍然是乐不可支，心也仿佛飞上了高空。

过了十年，我又搬了家。这新居既没有马缨花，也看不到金色的塔顶，但是门前却有一片清碧的荷塘。刚搬来的几年，池塘里还有荷花。夏天早晨四点已经算是黎明时分。在薄暗中透过窗子可以看到接天莲叶，而荷花的香气也幽然袭来，我顾而乐之，大有超出马缨花和金色塔顶之上的意味了。

难道我欣赏黎明前的北京仅仅由于上述的原因吗？不是的。三十几年以来，我成了一个"开会迷"。说老实话，积三十年之经验，我真有点怕开会了。在白天，一整天说不定什么时候就会接到开会的通知。说一句过火的话，我简直是提心吊胆，心里不得安宁。即使不开会，这种惴惴不安的心情总摆脱不掉。只有在黎明以前，根据我的经验，没有哪里会来找你开会的。因此，我起床往桌子旁边一坐，仿佛有什么近似条件反射的东西立刻就起了作用，我心里安安静静，一下子进入角色，拿起笔来，"文思"（如果也算是文思的话）如泉水喷涌，记忆力也像刚磨过的刀子，锐不可当。此时，我真是乐不可支，如果给我机会的话，我简直想手舞足蹈了。

因此，我爱北京，特别爱黎明前的北京。

1985 年 2 月 11 日

访绍兴鲁迅故居

一转入那个地上铺着石板的小胡同,我立刻就认出了那一个从一幅木刻上久已熟悉了的门口。当年鲁迅的母亲就是在这里送她的儿子到南京去求学的。

我怀着虔敬的心情走进了这一个简陋的大门。我随时在提醒自己:我现在踏上的不是一个平常的地方。一个伟大的人物、一个文化战线上的坚强的战士就诞生在这里,而且在这里度过了他的童年。

对于这样一个人物,我从中学时代起就怀着无限的爱戴与向往。我读了他所有的作品,有的还不止一遍,有一些篇章我甚至能够背诵得出。因此,对于他这个故居我是十分熟悉的。今天虽然是第一次来到这里,我却感到我是来到一个旧游之地了。

房子已经十分古老,而且结构也十分复杂,不像北京的四合院那样,让人一目了然。但是我仍觉得这房子是十分可爱的。我们穿过阴暗的走廊,走过一间间的屋子。我们看到了鲁迅祖母给他讲故事的地方,看到长妈妈在上面睡成一个"大"字的大床,看到鲁迅抄写《南方草木状》用的桌子,也看到鲁迅小时候的天堂——百草园。这都是一些普普通通的东西和地方,一点也看不出有什么神奇之处。但是,我却觉得这都是极其不平常的东西和地方。这里的每一块砖、每一寸土、桌子的每一个角、椅子的每一条腿,鲁迅都踏过、摸过、碰过。我总想多看这些东西一眼,在这些地方多流连一会。

鲁迅早已离开这个世界了。他生前,恐怕也很久没有到这一所房子里来过了。但是,我总觉得,他的身影就在我们身旁。我仿佛看到他在百草园里拔草捉虫,看到他同他的小朋友闰土在那里谈话游戏,看到他在父亲严厉监督之下念书写字,看到他做这做那。

这个身影当然是一个小孩子的身影。但是,就是当鲁迅还是一个小孩子的时候,他那坚毅刚强的性格已经有所表露。在他幼年读书的地方——三味书屋里,我们看到了他用小刀刻在桌子上的那一个"早"字。故事是大家都熟悉的:有一天,他不知道是由于什么原因,上学迟到了,受到了老师的责问。他于是就刻了这一个字,表示以后一定要来早。以后他就果然再没有迟到过。

这是一件小事。然而,由小见大,它不是很值得我们深思自省吗?

这坚毅刚强的性格伴随了鲁迅一生。"他没有丝毫的奴颜和媚骨"，他一生顽强战斗，追求真理。"横眉冷对千夫指，俯首甘为孺子牛。"他对人民是一个态度，对敌人是完全不同的另一个态度。谁读了这样两句诗，不深深地受到感动呢？现在我在这一间阴暗书房里看到这一个小小的"早"字，我立刻想到他那战斗的一生。在我心目中，他仿佛成了一块铁，一块钢，一块金刚石。刀砍不断，石砸不破，火烧不熔，水浸不透。他的身影突然大了起来，凛然立于宇宙之间，给人带来无限的鼓舞与力量。

同刻着"早"字的那一张书桌仅有一壁之隔，就是鲁迅文章里提到的那一个小院子。他在这里读书的时候，常常偷跑到这里来寻蝉蜕，捉苍蝇。院子确实不大，大概只有两丈多长、一丈多宽。墙角上长着一株腊梅，据说还是当年鲁迅在这里读书时的那一棵。按年岁计算起来，它的年龄应该有一百八十岁了。可是样子却还是年轻得很。梗干苗壮坚挺，叶子是碧绿碧绿的，浑身上下，无限生机，看样子，它还要在这里站上一千年。在我眼中，这一株腊梅也仿佛成了鲁迅那坚毅刚强的，威武不能屈、富贵不能淫的性格的象征。我从地上拾起了一片叶子，小心地夹在我的笔记本里。

把树叶夹在笔记本里，回头看到一直陪我们参观的闰土的孙子在对着我笑。我不了解他这笑是什么意思。也许是笑我那样看重那一片小小的叶子，也许是笑我热得满脸出汗。不管怎样，我也对他笑了一笑。我看他那壮健的体格，看他那浑身的力量，不由得心里就愉快起来，想同他谈一谈。我问他的生活情况和工作情况，他说都很好，都很满意。我这些问题其实都是多余的。从他那满脸的笑容、全身的气度来看，他生活得十分满意、工作得十分称心，不是很清清楚楚的吗？

我因此又想到他的祖父闰土。当他隔了许多年又同鲁迅见面的时候，他不敢再承认小时候的友谊，对着鲁迅喊了一声"老爷"。这使鲁迅打了一个寒噤。他给生活的担子压得十分痛苦，但却又说不出。这又使鲁迅吃了一惊。可是他的儿子水生和鲁迅的侄儿宏儿却非常要好。鲁迅于是大为感慨：他不愿意孩子们再像他那样辛苦辗转而生活，也不愿意他们像闰土那样辛苦麻木而生活，也不愿意他们像别人那样辛苦恣睢而生活。他们应该有新的生活。

这样的生活鲁迅没有能够亲眼看到。但是，今天这新的生活却确确实实地成为现实了。他那老朋友闰土的孙子过的就是这样的新生活，是他们所未经生活过的。按年龄计算起来，鲁迅大概没有见到过闰土的这个孙子。但这是不重要的。重要的是，鲁迅一生为天下的"孺子"而奋斗，今天他的愿望实现了。这真是天地间一大快事。如果鲁迅能够亲眼看到的话，他会感到多么欣慰啊！

我从闰土的孙子想到闰土，从现在想到过去。今昔一比，恍若隔世。我眼前看到的虽然只是闰土的孙子的笑容，但是，在我的心里，

自成人间

却仿佛看到了普天下千千万万孩子们的笑容,看到了全国人民的笑容。幸福的感觉油然流遍了我的全身。我就带着这样的感觉离开了那一个我以前已经熟悉、今天又亲眼看到的门口。

1963 年 11 月 23 日写毕

遍历山河，人间值得

对我影响最大的几本书

　　我是一个最枯燥乏味的人，枯燥到什么嗜好都没有。我自比是一棵只有枝干并无绿叶更无花朵的树。

　　如果读书也能算是一个嗜好的话，我的唯一嗜好就是读书。

　　我读的书可谓多而杂，经、史、子、集都涉猎过一点，但极肤浅。小学、中学阶段，最爱读的是"闲书"（没有用的书），比如《彭公案》《施公案》《济公传》《三侠五义》《小五义》《东周列国志》《说岳》《说唐》等，读得如醉似痴。《红楼梦》等古典小说是以后才读的。读这样的书是好是坏呢？从我叔父眼中来看，是坏。但是，我却认为是好，至少在写作方面是有帮助的。

　　至于哪几部书对我影响最大，几十年来我一贯认为是两位大师的著作：在德国是海因里希·吕德斯，我老师的老师；在中国是陈寅恪先生。两个人都是考据大师，方法缜密到神奇的程度。从中也可以看出我个人兴趣之所在。我禀性板滞，不喜欢玄之又玄的哲学。我喜欢能摸得着看得见的东西，而考据正合吾意。

吕德斯是世界公认的梵学大师，研究范围颇广，对印度古代碑铭有独到深入的研究。印度每有新碑铭发现而又无法读通时，大家就说："到德国找吕德斯去！"可见吕德斯权威之高。印度两大史诗之一的《摩诃婆罗多》从核心部分起，滚雪球似的一直滚到后来成型的大书，其间共经历了七八百年。谁都知道其中有不少层次，但没有一个人说得清楚。弄清层次问题的又是吕德斯。在佛教研究方面，他主张有一个"原始佛典"（Urkanon），是用古代半摩揭陀语写成的。我个人认为这是千真万确的事。欧美一些学者不同意，却又拿不出半点可信的证据。吕德斯著作极多，中短篇论文集为一书《古代印度语文论丛》。这是我一生受影响最大的著作之一。这书对别人来说，可能是极为枯燥的。但是，对我来说却是一本极为有味、极有灵感的书，读之如饮醍醐。

在中国，影响我最大的书是陈寅恪先生的著作，特别是《寒柳堂集》《金明馆丛稿》。寅恪先生的考据方法同吕德斯先生基本上是一致的。不说空话，无征不信。两人有异曲同工之妙。我常想，寅恪先生从一个不大的切入口切入，如剥春笋，每剥一层，都是信而有征，让你非跟着他走不行，剥到最后，露出核心，也就是得到结论，让你恍然大悟：原来如此，你没有法子不信服。寅恪先生考证不避琐细，但绝不是为考证而考证，小中见大，其中往往含着极大的问题。比如，他考证杨玉环是否以处女入宫。这个问题确极猥琐，不登大雅之堂。无怪一个学者说：这太 Trivial（微不足道）了。焉知寅恪先生是想研究李唐皇族的家风。在这个问题上，汉族与少数民族看法是不一样的。寅恪先生是从看似细微的问题入手，探讨民族问题和文化问题，由小及大，使自己的立论坚实可靠。看来这位说那样话的学者是根本不懂历史的。

在一次闲谈时，寅恪先生问我《梁高僧传》卷九《佛图澄传》中载有铃铛的声音"秀支替戾冈，仆谷劬秃当"是哪一种语言？原文说是羯语，不知何所指？我到今天也回答不出来。由此可见寅恪先生读书之细心，注意之广泛。他学风谨严，在他的著作中到处可以给人以启发。读他的文章，简直是一种最高的享受。读到兴会淋漓时，真想浮一大白。

中德这两位大师有师徒关系，寅恪先生曾受学于吕德斯先生。这两位大师又同受战争之害。吕德斯生平致力于 Udānavarga 之研究，几十年来批注不断。二战时手稿被毁。寅恪师生平致力于读《世说新语》，几十年来眉注累累。日寇入侵，逃往云南，此书丢失于越南。

假如这两部书能流传下来，对梵学、国学将是无比重要之贡献。然而先后毁失，为之奈何！

1999 年 7 月 30 日

遍历山河，人间值得

爱国与奉献

最近清华大学和北京同方文化发展有限公司共同推出了大型电视专题片《我愿以身许国》暨《科学家的故事》。我参加了首映式。前者讲的是"两弹一星"23位科学家的故事，后者讲的是中国其他将近一百位科学家的故事，二者实相联系，合成一体。我看后大为兴奋，大为震动，大为欣悦，大为感激，简直想手舞足蹈了。我们要感谢以顾秉林校长为首的清华大学的校领导，感谢同方文化发展有限公司的徐林旗总经理。没有他们的努力，这两部电视片是完成不了的。我欢呼这部优秀的电视专题片的诞生。我相信，将来当这部电视片在全国放映的时候，会有成千上万的观众参加到我们欢呼的行列里来的。

这两部片子的意义何在呢？

我归纳为两点：爱国与奉献。以爱国主义的情操来推动奉献精神；以奉献的实际行动来表达爱国主义的情操。二者紧密相联，否则爱国主义只是一句空话，而奉献则成为无源之水，无本之木。

爱国主义是中华民族的优秀传统，历数千年而未衰。原因是中国历代都有外敌窥伺，屠我人民，占吾土地，从而激起了我们民族的爱国义愤，奋起抵抗，前赴后继，保存了我们国家的领土完整，维护了我们人民的生命安全，一直到了今天。

到了今天，我们国家虽然仍然处于发展中国家行列中，但是早已换了人间。我们在众多方面取得了令人瞩目的成绩，在全世界普遍的经济不景气的气氛中，我们却一枝独秀。我们国家在世界民族之林中的地位日益崇高。没有我国的参加，世界上任何重大问题都是解决不了的。在这样的情况下，还有必要大声疾呼地提倡爱国主义吗？

我的意见是：有必要，而且比以前更迫切。我们目前的处境是，从一个弱国逐渐变为一个强国。我们是一个有 13 亿人口的大国。这种转变会引起周边一些国家的不安。虽然我们国家的历届领导人都昭告天下：我们决不会侵略别的国家，但是我们也决不会听任别的国家侵略我们。这样的话，他们是听不进去的。特别是那一个狂舞大棒，以世界警察自居，肆意干涉别国内政的大国，更是视我国为眼中钉。在这样的情况下，我认为，我们"国歌"中的一句话——"中华民族到了最危急的时候"，还有其现实的意义。

因此，我们眼前发扬爱国主义精神，不但不能削弱，而且更应加强。我们还要把爱国与奉献紧密结合起来。如果没有"两弹一星"的元勋们的无私奉献精神和行动，如果我们今天仍然没有"两弹一星"，我们的日子怎样过呀！那一个大国能像现在这样比较克制吗？说不定踏上我国土地的不仅是20世纪三四十年代打着膏药旗的侵略者，还会有打着另外一种旗帜的侵略者。

想到这里，我们不能不缅怀23位"两弹一星"的元勋们，以及他们的助手们的丰功伟绩。他们长期从家中"失踪"，隐姓埋名，躲到沙漠深处，战严寒，斗酷暑，忍受风沙的袭击，奋发图强，终于制造出来了"两弹一星"，成了中国人民的新的万里长城。他们把爱国与奉献紧密地结合起来。他们是我们学习的楷模。我是不是过分夸大了"两弹一星"的作用呢？绝不是。以那个大国为首的力图阻碍我们前进的国家，都是唯武器论者。他们怕的只是你手中的真家伙。希望我们全国人民认真学习"两弹一星"的元勋们，也把爱国与奉献紧密结合起来。我们将成为世界大国是历史的必然，是谁也阻挡不住的。

2002年5月2日

图书在版编目（CIP）数据

自成人间 / 季羡林著 . — 成都：四川文艺出版社，
2024.8. — ISBN 978-7-5411-7000-3
Ⅰ.I267
中国国家版本馆 CIP 数据核字第 20247Z36Y3 号

ZI CHENG RENJIAN
自成人间
季羡林 著

出 品 人	冯　静
出版统筹	刘运东
特约监制	王兰颖
责任编辑	谢雨环　范菱薇
选题策划	王兰颖
特约编辑	郭海东　张贺年　陈思宇　康舒悦
营销统筹	田厚今
封面插画	志志超
封面设计	卷帙设计
责任校对	段　敏

出版发行	四川文艺出版社（成都市锦江区三色路238号）
网　　址	www.scwys.com
电　　话	010-85526620
印　　刷	天津旭丰源印刷有限公司
成品尺寸	145mm×210mm	开　本	32开
印　　张	7.75	字　数	160千字
版　　次	2024年8月第一版	印　次	2024年8月第一次印刷
书　　号	ISBN 978-7-5411-7000-3
定　　价	45.00元

版权所有・侵权必究。如有质量问题，请与本公司图书销售中心联系更换。010-85526620